Bernd Schroeder

WARTEN auf Goebbels

Roman

Carl Hanser Verlag

1 2 3 4 5 21 20 19 18 17

ISBN 978-3-446-25452-7

Satz: Gaby Michel
Druck und Bindung: CPI books GmbH, Leck
Printed in Germany

FSC
www.fsc.org
MIX
Papier aus verantwortungsvollen Quellen
FSC® C083411

WARTEN
auf Goebbels

Für Liane Dirks
und Klaus Emmerich

PROLOG

Am 29. Oktober des Jahres 1897 wird in Rheydt am Niederrhein dem kleinen Angestellten Fritz Goebbels und seiner Gattin Katharina, geborene Oldenhausen, der dritte Sohn Paul Joseph geboren. Erfolglose Behandlungen und Operationen eines Beinleidens haben zur Folge, dass der Sohn zeitlebens einen im Wachstum zurückgebliebenen Klumpfuß haben wird. Die streng katholischen Eltern nehmen das als gottgewollt hin. Sie erziehen den Sohn im Sinne ihres christlichen Glaubens zu einem tiefreligiösen Menschen.

1

Am 25. August 1944 fahren der Regisseur Konrad Eisleben, der Kameramann Henning Klick, der Ausstatter Ludwig Trappel und der Produktions- und Herstellungsleiter Kurt Reiter, chauffiert vom Fahrer Paul Köppel, von Berlin nach Altenburg in der Heide, um Dreharbeiten für einen Ufa-Film mit dem Titel ›Krahwinkel‹ vorzubereiten und Motive, Unterkünfte und Kleindarsteller zu suchen. Am selben Tag gibt der von den Nazis eingesetzte Stadtkommandant Dietrich von Choltitz die Stadt Paris, die er nach Geheiß von Hitler zerstören sollte, an die Franzosen zurück. Paris ist befreit und gerettet.

2

In der gutdeutschen Wohnküche der Familie Weimar sitzt Hilde Weimar an der Nähmaschine, über ihr an der Wand prangt das Porträt des Führers, daneben Jesus am Kreuz und das Bild von Hans Weimar in Uniform, mit ein paar Blumen verziert. Hilde horcht auf, denn es nähert sich Blasmusik, begleitet vom siegestrunkenen Gesang vieler

Menschen. Hilde steht auf, geht ans Fenster, öffnet es, schaut hinaus. Draußen auf der Dorfstraße ziehen singende, fröhlich lachende Soldaten mit Blumensträußen in der Hand vorbei. Ein Pfarrer in vollem Ornat mit seinen Ministranten, ein großes Kreuz tragend, Kinder mit Hakenkreuzfähnchen, eine Blaskapelle. Hänschen, acht Jahre alt, drückt sich an der Scheibe des anderen Fensters die Nase platt. Hilde winkt den Soldaten zu. Durch ihren Körper geht die Musik. Sie singt mit, »Es war ein Polenmädchen«. Plötzlich wird die Tür aufgerissen. Ein kleiner korpulenter Mann in Soldatenuniform, etwa vierzig Jahre alt, steht lachend in der Tür.

»Hokuspokus Fidibus, da bin ich, euer Hans ist wieder da!«, ruft er. Hilde springt auf, rennt auf ihn zu, fällt ihm in die Arme.

»Hans! Mein Hans. Da bist du! Bist du's wirklich?«

»Ja, Hilde, ich bin's.«

»Oh, was bin ich froh. Ich hatte so viel Angst um dich.«

»Papperlapapp, Angst! Angst um Hans Weimar, das gibt es nicht. Hilde, der Sieg ist unser! Jetzt kommen schöne Zeiten. Jetzt ist Vattern wieder zu Hause. Jetzt werden die Ärmel hochgekrempelt und das bisschen, was kaputtgegangen ist, wird repariert.«

Über Hildes Schulter sieht Weimar das Hänschen, das ängstlich nach dem Fremden schaut. Der löst sich von Hilde und geht auf den Jungen zu.

»Hänschen, mein Junge, ich bin's, dein Papa. Menschenskind, was bist du groß geworden! Bist ja ein richtiger kleiner Mann.«

Jetzt strahlt Hänschen und läuft in die Arme des Vaters.
»Papi! Papi, ich hab es der Mami immer gesagt, der Papi kommt wieder, den Papi erschießt kein Russe.«
»Richtig, mein Junge. Ich sehe schon, du hast deine Mutter gut beschützt – wie sich das gehört für einen Mann. Du warst tapfer, tapfer an der Heimatfront. Kommt, wir wollen hinausgehen zu den anderen. Überall wird der Sieg gefeiert. Da müssen wir dabei sein! Da braucht man doch Hans Weimar. Leute! Hans ist wieder da, die Stimmungskanone!«
Sie gehen nach draußen. Ein kleiner gepflegter Hof, ein Schuppen, Pflanzen, Hühner gackern Körner pickend, Kaninchen sitzen in einem Stall, am Haus flattert eine Hakenkreuzfahne froh im Wind. Eine deutsche Idylle.
»Papi, fahren wir mit dem Motorrad!?«
Hans hält Hänschen immer noch an der Hand. Der zieht ihn zum Schuppen.
»Na, ob der alte Motorgaul es noch macht?«
»Es fährt. Ich habe es jeden Tag einmal angetreten.«
»Tüchtig, tüchtig, na schau sich einer mal den Jungen an. Dann wollen wir mal sehen.«
Er öffnet das Tor zum Schuppen. Da steht zwischen allerlei Handwerkszeug ein Motorrad mit Beiwagen. Es ist sauber und gepflegt, es glänzt. Sein runder Scheinwerfer strahlt wie ein frohes Auge. Hans streichelt liebevoll mit den Händen darüber.
»Meine Mine, meine alte Mine, mein gutes Stück.« Hilde kommt dazu, kuschelt sich etwas an die Schulter von Hans, beinahe eifersüchtig auf Mine.

»Hänschen war sehr lieb zu ihr. Zu gerne wäre er damit durch die Stadt gebraust.«
»Das werden wir alles nachholen, mein Hänschen.«
»Papi, fahren wir damit nach Berlin?«
»Aber sicher, mein Junge.«
Er versucht, das Motorrad zu starten. Es tuckert leicht, säuft aber auch beim dritten Mal ab. Hans Weimar, alias Karl Molitor, flucht, tritt gegen das Motorrad.
»Verfluchte Scheiße! Es geht wieder nicht. Verdammt, seid ihr denn nicht in der Lage, das Ding in Ordnung zu bringen!?«
Er geht wütend aus der Dekoration.
»Stopp!«, ruft Konrad Eisleben, der Regisseur. Hilde Weimar, alias Johanna Leise, lacht laut. Hänschen, alias Adolf Lechner, rennt zu seiner leiblichen Mutter, die strickend in einer Ecke der Scheune sitzt. Die Statisten gehen nach draußen. Soldaten, Frauen, Mädchen, die Kinder mit den Hakenkreuzfähnchen, der Pfarrer, die Ministranten und die Blaskapelle. Ein Bauer sammelt seine Hühner ein, die aufgeschreckt herumlaufen.
Eisleben kommt mit seinem Regieassistenten Franz Seibert zu Molitor, der gerade wegrennen will, schnaubend wie ein wilder Stier. Siggi Weiss, der Beleuchter und Requisiteur, klettert aus dem Gebälk der Scheune herunter und macht sich zusammen mit dem Ausstatter Ludwig Trappel am Motorrad zu schaffen. Eisleben legt Molitor die Hand auf die Schulter, was der nur widerwillig, vielleicht aber auch devot, zulässt.
»Das ist nicht schlimm, Herr Molitor. Wir drehen das

Starten in einer eigenen Einstellung. Ansonsten war das alles sehr gut.«

Molitor prustet, schnaubt, scheint einem Schlaganfall nahe.

»Professor! Das nennen Sie gut? Man wird an seiner Arbeit gehindert, weil nicht jeder seine Aufgaben ernst zu nehmen scheint.«

»Das lasse ich mir nicht sagen«, ruft Ludwig Trappel aus dem Schuppen, »wir versuchen alles, die Maschine hinzukriegen. Aber es fehlen zu viele Sachen – Zündkerzen zum Beispiel.«

»Natürlich, Herr Trappel«, sagt Eisleben ruhig, »jeder weiß das, auch Herr Molitor. Wir drehen das Starten, wie gesagt, in einer Extraeinstellung.«

»Nicht mehr mit mir! Ich bin es nicht gewohnt, so zu arbeiten, Verhältnisse hin, Verhältnisse her. Profession bleibt Profession.«

Henning Klick, der Kameramann, kommt dazu.

»Molli«, sagt er, »stell dich nicht so an. Ludwig tut, was er kann. Wir sind hier nicht mehr in Babelsberg.«

Molitor mag sich immer noch nicht beruhigen: »Ich schlage vor, jeder tut hier seine Arbeit. Du die deine, ich die meine – wenn man mich lässt.«

Jetzt mischt sich auch Johanna, alias Hilde Weimar, leise ein.

»Man lässt Sie doch, Herr Molitor – man –«

»Hier herrscht Dilettantismus, Frau Leise. Das hätten Sie sich früher auch nicht bieten lassen.«

Johanna wendet sich ab, schaut Franz Seibert fragend an.

»Dann ist jetzt wohl Drehpause?«
»Scheint so, Frau Leise.«
Sie gibt der Garderobiere Lene Hackbarth ihren Kittel.
»Das geht ja schon gut los«, sagt sie zu Lene.
»So kennen wir ihn doch.«
»Das kann ja noch heiter werden.«
Sie geht an Eisleben vorbei, lächelt und verschwindet die Treppe zu einer Empore hinauf. Eisleben will ihr folgen, aber Molitor stellt sich ihm in den Weg. »Herr Professor –«
»Lassen Sie doch endlich mal den Professor weg, Herr Molitor.«
»Herr Eisleben, das müssen Sie sich schon sagen lassen, dass hier unnötigerweise Dilettantismus herrscht. Und Sie wissen das, und Sie dulden es. Das werfe ich Ihnen vor. Ich habe unter Wilder gearbeitet, ich –«
»Wir wissen das, Molli«, sagt Klick lachend, »aber er hat dich rausgeschnitten.«
»Halt du dich doch endlich mal raus!«
Draußen hört man ein Fahrzeug vorfahren. Paul Köppel, der Fahrer, kommt rein. Molitor stürzt sich sofort auf ihn.
»Herr Köppel, bitte, mein Lieber, helfen Sie mir. Fahren Sie mich unverzüglich nach Berlin. Ich habe hier nichts mehr zu suchen.«
Köppel schüttelt den Kopf. »Das geht nicht.«
Molitor umarmt ihn förmlich, will ihn festhalten und beschwören. »Bitte, Herr Köppel, hier ist für mich kein länger Bleiben!«

Die Art, mit der der Theaterschauspieler Karl Molitor seine Bitte vorträgt, sorgt für allgemeines Gelächter, macht so was wie gute Laune. Lene Hackbarth aus der Garderobe, Hans-Peter Reimer und Ursel Kling aus der Maske, alle wollen Molitors Auftritt sehen.

»Ich fahre erst in drei Tagen wieder«, sagt Köppel.

»Ich bezahle Sie. Es soll Ihr Schaden nicht sein – ich muss hier weg!«

»Darum geht es nicht«, erwidert Köppel leicht entnervt, willens, sich den Bettelnden vom Hals zu schaffen. »Ich darf nicht außer der Reihe nach Berlin fahren. Es sei denn, die Produktionsleitung befiehlt das.«

»Sie befiehlt es aber nicht«, sagt Kurt Reiter, der Produktionsleiter, der zusammen mit seinem Assistenten Thomas Wagner dazugekommen ist, während sich Eisleben nach oben entzieht und Köppel zu Weiss, dem Beleuchter und Mädchen für alles, und Trappel geht, um ihnen beim Reparieren des Motorrads zu helfen.

Kurt Reiter, Parteimitglied, ehemals Regisseur belangloser Propagandafilmchen, ist von Goebbels bei dieser wichtigen Produktion zum Produktionsleiter ernannt worden. Er ist ein strammer Nationalsozialist, der jetzt, im Herbst 1944, immer noch an den Sieg glaubt. Er stellt sich vor Molitor hin.

»Was ist los mit dir, Molli? Hältst du wieder den ganzen Betrieb auf?«

»Ach, aus meinem Gesichtskreis mit euch allen!«

Er geht zu Köppel.

»Herr Köppel, wenn Sie dann in drei Tagen fahren, sagen Sie mir Bescheid. Ich bin auf meiner Zelle – anders kann man das ja nicht nennen, was hier als Unterbringung gilt.«

»Wir können dir auch draußen ein Zelt aufbauen, Molli«, sagt Reiter, »der Winter kommt. Da kannst du dir den Arsch abfrieren.« Und Wagner schickt in harschem Kasernenhofton, der für einen Moment alle erstarren lässt, hinterher: »Herr Molitor, was Sie hier machen, ist Arbeitsverweigerung! Ich werde das ins Protokoll aufnehmen. Vergessen Sie bitte nicht, dass Sie hier dienstverpflichtet sind.«

»Lassen Sie ihn, nicht der Rede wert«, sagt Reiter, »Molli beruhigt sich schon wieder.«

Molitor macht sich, alle verachtend, auf den Weg zu den im hinteren Teil des Hangars gelegenen Garderoben, die zugleich die Wohnzellen für einen Teil der Schauspieler und den Stab sind.

»Nein, nein, nein, wie tief ist die Kunst gefallen!«

»Halt, Molli, halt, nicht mit dem Kostüm!«, ruft Lene Hackbarth und läuft hinter ihm her. Sie reißt ihm die Jacke von den Schultern. Er lässt wütend die Hose runter, steigt aus ihr heraus und schreitet, jetzt um alle erdenkliche Würde bemüht, in langen, schlottrigen Unterhosen davon. Lene Hackbarth nimmt die Hose und zupft daran herum.

»Platzt sowieso alles aus den Nähten, weil er immer dicker wird. Möchte mal wissen, wie er das macht bei den Rationen.«

»Dann mach sie doch weiter«, sagt Klick.

»Da ist nichts mehr drin. Die haben wir doch eigentlich für Hans Albers geschnitten.«

»Was will er noch in Berlin?«, sagt Paul Köppel. »Das Haus, wo er wohnt, ist weg, ratzeputz weg.«

»Sag's ihm«, antwortet Weiss.

»Das weiß er doch. Außerdem ist Mutti tot. Nein, der will doch hier nicht wirklich weg. So dumm ist er nicht. Das ist alles nur Theater, kennen wir doch.«

3

Skript des Propagandaministeriums zum Film ›Krahwinkel‹:

›Am 1. Mai 1945 verkünden Adolf Hitler und Joseph Goebbels den totalen Sieg. Die Wunderwaffen haben England besiegt, London liegt in Schutt und Asche. Die Russen haben sich zurückgezogen. In Frankreich regieren die Deutschen. Deutschland ist judenfrei. Der große Sieg ist da! Dazu ist im Vorspann Wochenschaumaterial zu benutzen. Überall im Lande werden die heimkehrenden Helden zu Wasser, zu Land und in den Lüften gefeiert. So auch im Heidedorf Krahwinkel. Das Dorf ist vom Krieg verschont geblieben. Heimkehrer werden begeistert empfangen, Frauen schließen ihre Männer, Mütter ihre Söhne in die Arme, Kinder lernen ihre Väter kennen, Witwen sind tapfer, letzte Juden werden aus Verstecken geholt und in Lager abtransportiert.

Rund um umfangreiche Siegesfeiern werden private Schicksale erzählt.
Auch Hans Weimar kehrt als strahlender Sieger, aber auch als glücklicher Überlebender zurück. Es erwarten ihn seine Frau Hilde und Hänschen, der Sohn, den Hans nur als Baby gesehen hat. Hilde ist schwanger. Aber von wem? Von einem Engländer, einem Kriegsgefangenen, sei sie vergewaltigt worden, erzählt sie Hans. Damit tut sich Hans schwer. Soll er für »einen Engländer« den Vater abgeben? Als der Lehrer Griebel, der Ortsgruppenleiter der NSDAP, beim Bier durchblicken lässt, dass Hilde ein Verhältnis mit einem Mann aus dem Dorf hatte, der aber verschwunden ist, gefallen vielleicht, gerät Hans in einen Konflikt. Womit kann er, wenn überhaupt, besser leben, mit der einen oder der anderen Version? Wer war der Mann? Hans stellt Hilde zur Rede, und sie gesteht ihm, dass sie sich hat trösten lassen von Wilhelm, dem besten Freund ihres Mannes. Hans verzeiht großzügig, besser so, sagt er sich, als ein Engländer. Als Wilhelm heimkehrt, kommt es zur großen Versöhnung. Das umfassende Siegesgefühl macht es möglich.
Nebenhandlung:
Die Zwillinge Albert und Franz Seidel wurden zum Militär eingezogen. Zunächst waren sie in derselben Kompanie, dann trennten sich ihre Wege. Franz verweilte an der Heimatfront, Albert zog gegen Russland in den Krieg. Beide waren in Anna verliebt, die Tochter des ehemaligen Bürgermeisters und Landwirts Jan Krämer. Entschieden hat Anna sich nicht. Mit dem großen Sieg kommt Franz nach Hause. Albert gilt als vermisst. Franz macht Anna ei-

nen Heiratsantrag, es kommt, begleitet von der Euphorie des Sieges, zur Hochzeit, der ersten im Ort nach dem Sieg. Als das Paar vor dem Traualtar steht, öffnet sich die Kirchentür. Albert steht da. Als er erkennt, was da vor sich geht, verschwindet er und setzt sich ins Gasthaus. Dort trifft auch die Hochzeitsgesellschaft ein. Alle liegen sich in den Armen, berauscht von der neuen Zeit. Noch am selben Tag macht Albert Annas Schwester Hedwig einen Heiratsantrag. Überschattet wird das Glück von der Tatsache, dass man in der Scheune von Jan Krämer ein von ihm verstecktes jüdisches Ehepaar findet. Letzteres wird seiner Bestimmung zugeführt und der Bauer Krämer festgenommen.
Höhepunkt des Films wird ein großes Siegesfest sein, mit allen verfügbaren Vereinen und Formationen und der Ehrung der Helden, mit Musik und einem Gastredner aus der Spitze der Partei. Wer das sein wird, teilt man rechtzeitig mit.‹

Das Propagandaministerium, aus dem das Rohskript dieses Films kommt, der am Tag der Verkündigung des großen Sieges in allen deutschen Kinos laufen soll, lässt die Beantwortung dieser letzten Frage noch offen, mancher spekuliert, dass es Joseph Goebbels persönlich sein könnte.

›Das Ende von »Krahwinkel« zeigt Hans Weimar und seinen Sohn Hänschen. Der hat sich gewünscht, einmal mit dem Vater nach Berlin zu fahren. Nun fahren sie mit dem

Motorrad durch die Stadt, Hänschen im Beiwagen. Der Vater erklärt, was man sieht, eine Prachtstraße, heile Welt. Eine Szene, für die Rückprojektionsmaterial aus der Vorkriegszeit zu verwenden ist.‹

Dieser Film, so das Ministerium, soll ›der Dank sein an das deutsche Volk, das durch seine Opferbereitschaft und seinen ungebrochenen Glauben an den Führer diesen Sieg möglich gemacht hat‹. Stellvertretend für alle deutschen Dörfer wird Krahwinkel der Ort einer großen Siegesfeier sein.

Die Dreharbeiten unter der Regie von Professor Konrad Eisleben erfolgen im Heidedorf Altenburg und in einem alten ausrangierten Flugzeug-Hangar, den man ›die Scheune‹ nennt, in der Nähe des Dorfes. Sie beginnen im September 1944. Die Unterbringung von Stab und Darstellern erfolgt zum einen in der Scheune, zum anderen in den umliegenden Ortschaften. Handwerker, Kleindarsteller und Statisterie sind bevorzugt aus der näheren Umgebung von Altenburg zu rekrutieren.

I

Für das Team werden verpflichtet:

Konrad Eisleben – Regie

Franz Seibert – Regieassistenz

Kurt Reiter – Herstellung und Produktionsleitung

Thomas Wagner – Produktionsassistenz

Henning Klick – Kamera

Ludwig Trappel – Ausstattung

Siegfried Weiss – Licht und Requisite

Lene Hackbarth – Garderobe

Ursel Kling und Hanspeter Reimer – Maske

Paul Köppel – Fahrer

II

Die Rollen und ihre Darsteller:

Hans Weimar – Karl Molitor

Hilde Weimar – Johanna Leise

Hänschen Weimar – Adolf Lechner (Laie)

Wilhelm Schwaiger – Joseph Kunert

Lehrer Uwe Griebel – Viktor von Kolkwitz

Franz Seidel – Henner Wohlgemuth

Albert Seidel – Sebastian Kurz

Anna Krämer – Regine Reuter

Hedwig Krämer – Ilse-Maria Braun

Jan Krämer (Laie)

4

Am 16. September 1944 bringt die Rote Armee das Baltikum unter sowjetische Kontrolle. Britische und kanadische Fallschirmjäger beginnen bei Arnheim die Rheinbrücke zu erobern. In Altenburg, in der sogenannten Scheune, haben die Dreharbeiten mit der Szene »Siegreiche Heimkehr des Hans Weimar« begonnen.

5

»Lassen wir unserem Hauptdarsteller seine Schmollpause«, sagt Eisleben, während er zusammen mit Seibert wieder in die Dekoration geht, sich im Hof der Weimars umschaut. Klick ist ihnen gefolgt.
»Ich bewundere Ihre Geduld mit ihm, Herr Eisleben. Ich glaube, ich hätte ihm schon den Kragen umgedreht.«
»Er und ich, wir haben uns das Miteinander-arbeiten-Müssen nicht ausgesucht. Da ist sich jeder sein Machtspiel schuldig. Außerdem, Herr Klick, wir haben ja Zeit, viel, viel Zeit, das wissen Sie doch so gut wie ich.«
Er lächelt, Klick grinst breit.
»Ja, bis zum Endsieg vergeht noch viel, viel Zeit.«
»Molitor weiß das auch. Der bleibt uns erhalten«, sagt Seibert.
Dann versenkt sich Eisleben wieder in seine Arbeit. Nach-

denklich steht er im Weimar'schen Hof, presst die geballte Faust an den Mund, denkt nach, geht in das Haus, erscheint im Fenster zum Hof, kommt wieder heraus, geht ein-, zweimal durch die Tür. Klick schaut ihm geduldig zu. Seibert wartet auf Anweisungen. Man kennt das, Eisleben bereitet nicht wie andere eine Szene akribisch vor. Er denkt und entscheidet in der Dekoration, dazu braucht er Zeit. Er ist ein Zweifler an sich selbst, ein Zauderer, der sich schwertut mit klaren Entscheidungen. Damit hat er schon manchen Produktionsleiter zur Weißglut gebracht.
»Wenn Hans Weimar in den Hof kommt, das gefällt mir noch nicht.«
»Da bin ich in seinem Rücken«, sagt Klick, »da sehe ich sein Gesicht nicht. Ich schlage einen Schnitt vor und dann eine Einstellung, wie er auf Hänschen und Hilde zukommt.«
»Mir würde es besser gefallen, wenn wir das mit einer Kamerafahrt machen könnten. Ich wollte gerne die ganze Szene in einer Einstellung drehen.«
»Wie Sie meinen. Probieren wir das aus.«
»Das waren bis zum Starten des Motorrads zwei Minuten fünfzehn«, sagt Seibert.

6

1905 wird im schlesischen Bunzlau Konrad Johann Eisleben als Sohn eines Pastors und seiner Frau geboren. 1914, als Konrad neun Jahre alt ist, fällt der Vater schon in den ersten Kriegstagen. Die Mutter heiratet wieder. Konrad aber wächst bei seinen Großeltern väterlicherseits auf, die seine Begabungen erkennen und früh schon Klavier- und Schauspielunterricht ermöglichen. 1925 geht Konrad nach München und wird von einem Schauspiellehrer unterrichtet. 1928 hat er sein Debüt in Wedekinds ›Frühlings Erwachen‹. Bereits 1931 inszeniert er selbst an verschiedenen Theatern. Schnell ist er dort als Schauspieler, Regisseur, aber auch als Darsteller in Filmen gefragt. Er bevorzugt feinsinnige, fragile Liebhaberrollen, aber auch schneidige Offiziere. Sein gutes Aussehen – er ist eine stattliche Erscheinung und Liebling der Frauen – begünstigt das. Ab 1937 inszeniert er auch Filme, die einerseits poetisch, gründlich und feinfühlig sind, andererseits auf der Linie nationalsozialistischer Ideale liegen, denen er durchaus positiv gegenübersteht. Er scheut sich nicht, ab 1939 tapfere Frauen, heldische Männer zu zeigen und historische Helden im Sinne der Nazi-Ideologie zu glorifizieren. Er gewinnt die Zuneigung von Goebbels, indem er bereit ist, in einem Film die Euthanasie gefühlig und subtil zu rechtfertigen. Der Lohn stellt sich auf der Stelle ein. Er wird 1942 Chef der Ufa, der Filmgesellschaft, die Goebbels bereits in Gänze für das Regime und seine Propaganda vereinnahmt hat. Trotz der eindeutigen Anpassung an das

System gefällt sich Eisleben in der Rolle des Unpolitischen. In seinen Filmen und seinen Äußerungen vermeidet er propagandistische Töne. Das kommt gut bei Goebbels an, der mehr und mehr befürchtet, dass das allzu Laute, das platt Propagandistische eine Kriegsmüdigkeit in der Bevölkerung zur Folge haben könnte. Er bevorzugt die leisen, wenn auch in ihrer politischen Aussage eindeutigen Töne.
1942 lernt Eisleben bei Dreharbeiten die siebenundzwanzigjährige erfolgreiche Schauspielerin Johanna Leise kennen und verliebt sich in sie. Er ist zu dieser Zeit mit der Schauspielerin Sonja Kraus verheiratet, lebt aber bereits getrennt von ihr.

7

Am 27. November 1914 beklagt der siebzehnjährige Joseph Goebbels in einem Klassenaufsatz zum Thema ›*Wie kann auch der Nichtkämpfer in diesen Tagen dem Vaterland dienen*‹, dass er aufgrund seiner Behinderung nicht in den Krieg ziehen darf, denn »*der Soldat, der für Weib und Kind, für Herd und Haus, für Heimat und Vaterland hinauszieht, um sein frisches junges Leben dahinzugeben, leistet dem Vaterland den vornehmsten und ehrenvollsten Dienst*«.

8

Ohne Zündkerzen, sagen Siggi Weiss und Ludwig Trappel, kriegen sie das Motorrad nicht zum Laufen. Sie brauchen unbedingt Zündkerzen, Paul Köppel solle bei der nächsten Fahrt aus Berlin welche mitbringen. Köppel seufzt. Ob sie sich nicht vorstellen können, was in Berlin los sei. Da fliegen den Leuten die Bomben um die Ohren, da geht es ums nackte Überleben und nicht um Zündkerzen. Es sei ohnehin ein Wunder, dass er immer wieder Filmmaterial und was zum Fressen mitbringen könne. Aber eins müsse allen klar sein, wenn die Iwans persönlich nach Berlin kämen, dann fahre er da nicht mehr hin. Es werde eh immer gefährlicher.

Das sei eine einfache Rechnung, sagt Weiss, solange Goebbels seine Hand über sie halte und daran glaube, dass hier der große Film zum grandiosen Endsieg inszeniert werde, so lange funktioniere das mit dem Filmmaterial.

»Wenn wir dem Professor nichts mehr hinstellen können, was er filmen kann«, sagt Trappel, »dann heißt das hier: Zugemacht, aus, Ende, die Frauen in die Waffenindustrie und die Herren an die Front, wenn wir bitten dürfen. Du kennst Reiter. Also streng dich an, Paul.«

Weiss und Köppel schieben das Motorrad durch das große Scheunentor nach draußen. Auf der Wiese vor der Scheune grasen Schafe, es ist Herbst, dünne Nebelschwaden liegen über der Heidelandschaft, die Spitze der Dorfkirche des kleinen Ortes Altenburg ragt aus ihnen hervor, eine unglaublich friedliche Herbststimmung, die auch zwei Flug-

zeugwracks, die neben dem Hangar stehen, nicht trüben können.
Auf der Wiese, wie ein bunter Hühnerhof, lagern die Statisten um ein Lagerfeuer.
»Jaja, euer Paul lässt euch nicht verkommen. Irgendwo in Berlin wird es Zündkerzen geben, sakrament nochmal.«
Er flucht gerne mal auf seine bayerische Art.
Weiss bietet Köppel eine Zigarette an. Der staunt.
»Wo hast'n die her?«
»Requisite! Eiserner Bestand.«
»Gut, tausche Zündkerze gegen Zigarette.«
Sie rauchen, stehen nebeneinander.
»Paul, um uns herum geht gerade die Welt unter. Wir befinden uns, wie Eisleben sagt, auf einer Arche Noah, weißt du das?«
Köppel nickt, zieht an seiner Zigarette.
»Leider muss ich sie ab und zu verlassen. Scheißberlin verreckts.«
Er schickt noch ein paar bayerische Flüche hinterher, die Siggi Weiss nicht versteht.
»Für Zündkerzen – was für ein Wahnsinn.«
»Und Filmmaterial und Proviant.«
»Dass es das überhaupt noch gibt.«
Sie schweigen.
»Erzähl mir, Paul, wie sieht's aus in Berlin?«
»Ich weiß es nicht, Siggi, ich mach immer die Augen zu, wenn ich dort bin, und stell mir vor, wie es mal ausgeschaut hat.«

9

Franz Seibert hat schon bei drei Filmen Eislebens assistiert. Er schätzt seine Gründlichkeit, seine Seriosität, sein Auftreten, die Tatsache, dass er zwar dem System mit seiner Arbeit dient, sich aber nicht damit gemeinmacht. Nie tritt er so martialisch auf wie Wagner und Reiter. Man weiß eigentlich nichts über seine politische Haltung. Dennoch glaubt Seibert bei seinem Chef eine gewisse Verachtung zu spüren gegenüber den hundertprozentigen Nazis. Ein ›Heil Hitler‹ kommt ihm jedenfalls nicht über die Lippen. Dieser Film, diese banale Siegestaumelschnulze, die irgendein nicht namentlich genannter Apparatschik aus dem Propagandaministerium zusammengeschustert hat, ist nicht Eislebens Niveau. Auch das weiß Seibert. Warum er sie trotzdem dreht? Das fragt sich Seibert, und er kann sich die Frage selbst beantworten: Weil in diesen Zeiten von Goebbels nichts anderes mehr genehmigt wird. Und Eisleben will und muss drehen, um jeden Preis. Ob Goebbels der Autor des Treatments ist, aus dem Eisleben langsam, sehr langsam, ein Drehbuch erstehen lässt? Man weiß es nicht, sagt es aber hinter vorgehaltener Hand. Ein Gerücht. Ob Eisleben mehr weiß? Man wird es aus ihm nicht herausbekommen.

Seibert sitzt in dicker Winterjacke im improvisierten Produktionsbüro und studiert die neuen Szenen des Drehbuchs, die ihm Eisleben hingelegt hat. Ein gültiges Drehbuch gibt es nicht. Das Ministerium hat nur eine Folge von Szenenbeschreibungen geliefert, eher eine Inhaltsangabe.

Also schreibt der Regisseur jeweils das, was er gerade drehen will oder den Umständen entsprechend drehen kann.
»Herr Seibert, was ist jetzt mit den Juden? Wann können wir das drehen?«, fragt Reiter.
»Ich weiß nicht. Der Professor hat sich noch nicht genau geäußert. Er denkt noch drüber nach.«
»Der denkt zu viel nach und dreht zu wenig. Wir liegen ganz schlecht in der Zeit.«
»Ich glaube, wir haben mehr Zeit, als Sie denken, Herr Reiter.«
Reiter wird laut, brüllt.
»Von wegen! Für Sie, Herr Seibert, und Ihresgleichen gilt: Abdrehen und an die Front.«
»Es wird – wenn wir hier fertig sind – keine Front mehr geben, Herr Reiter.«
»Sie mit Ihren lockeren Reden, seien Sie vorsichtig. Wie dem auch sei, die Order aus Berlin lautet: Fertig drehen um jeden Preis. Das Volk braucht in diesen schweren Zeiten einen aufbauenden Film, der es an den Sieg glauben lässt.«
»Ob es davon satt wird?«
»Ich sag es Ihnen nochmal, Herr Seibert, sparen Sie sich solche Reden, ja.« Reiter geht.
Nachdenklich sitzt Seibert da und schaut durch das dreckige Fenster hinaus auf das Gelände, wo die Statisten gerade aus einer Gulaschkanone versorgt werden. Ein friedliches Bild. Seibert weiß, dass er wieder zu weit gegangen ist, dass es gefährlich sein kann, sich mit Reiter anzulegen. Wie weit Eisleben ihn schützen könnte, wenn Reiter ihn

loswerden wollte, kann er nicht einschätzen. Er ärgert sich über sich selbst. Warum hat er nicht die Souveränität eines Eisleben oder der von ihm so sehr bewunderten Johanna Leise? Er wird sich in Zukunft zurückhalten. Durchhalten muss er, ja durchhalten, das muss man jetzt, das ist das Gebot der Stunde. Der braune Spuk, an den er als Pimpf gegen den Willen der Eltern noch geglaubt hat, kann nicht mehr lange dauern. Jetzt an die Front geschickt zu werden, würde wohl den sicheren Tod bedeuten. Er darf das große Glück, das ihm diese Arbeit hier beschert, nicht gefährden. Er wird nach diesem Krieg, diesem verlorenen Krieg, eine Aufgabe haben. Er wird seine Eltern suchen müssen, deren Haus in Berlin zerbombt worden ist. Köppel hat ihm berichtet. Das Haus weg, auch das kleine Theater der Eltern, die Menschen geflohen, wohin, weiß niemand. Vielleicht haben sie sich nach Bayern zu den Verwandten durchgeschlagen. Ob sie noch leben? Er weiß es nicht.

10

Am 21. März 1917 hält der neunzehnjährige Joseph Goebbels am Rheydter Gymnasium die Abiturrede. Sie alle, sagt er zu den Zuhörern, seien »*die Glieder jenes großen Deutschland, auf das eine ganze Welt mit Schrecken und Bewunderung sieht*«. Dieses Deutschland trage »*die Berechtigung in sich, die politische und geistige Führerin der Welt zu sein … Du Deutschland, starkes Vaterland, Du heiliges Land unserer Väter, steh fest, fest in Not und Tod. Du hast Deine Heldenkraft gezeigt und wirst auch aus dem Endkampf siegreich hervorgehen. Uns ist nicht bange um Dich. Wir trauen auf den ewigen Gott, der will, dass das Recht siegreich sei, in dessen Hand die Zukunft liegt. Gott segne das Vaterland.«*

11

Johanna Leise, 1915 geboren, wächst in München in gutbürgerlichen Kreisen auf. Der Vater ist angesehener Mathematikprofessor an der Universität, die Mutter Bibliothekarin. Johanna bekommt vom Großen Krieg nicht viel mit, wächst sozusagen wohlbehütet in den Frieden hinein, wird ein Kind der Weimarer Republik und eine junge Frau des Dritten Reichs. Als Symphatisanten der kurzlebigen Räterepublik stehen die Eltern der aufkommenden Hitlerbewegung reserviert bis kritisch gegenüber, aber stets mit Rücksicht auf die frühe Karriere der schauspielernden Tochter, die bereits als Sechzehnjährige 1931 ihre erste Filmrolle spielt. Den eigentlichen Durchbruch hat sie am Theater. Sie spielt in München, Wien, Hamburg und Berlin. Ab 1937 dreht sie pro Jahr in vier bis fünf Filmen, meist die tragischen Frauenrollen. Kaum ein Regisseur, mit dem sie nicht eine Affäre hat. Sie rettet sich damit über die schweren Jahre, will über den Ernst des Krieges nicht

nachdenken, will unpolitisch sein, genießt die schönen, privilegierten Seiten des Berufes, Partys, Filmfeste, Glanz im Rampenlicht. Erst als sie 1942 zum ersten Mal mit Konrad Eisleben dreht, eine Goldoni-Rolle, hat sie das Gefühl, bei jemandem angekommen zu sein. Allerdings ist Eisleben verheiratet, und es bleibt wieder einmal bei einer Affäre. Johanna tröstet sich vorübergehend mit dem Kameramann Henning Klick. Nach weiteren zwei Filmen mit Eisleben funkt es schließlich zwischen den beiden. Johannas Ernsthaftigkeit, das Leiden an der Oberflächlichkeit des Filmmilieus und ihr kluger Umgang mit den Rollen, die sie spielt, haben es Eisleben angetan. Sie schätzt an ihm seine Klugheit und seine ruhige Art des Umgangs mit den Mitarbeitern, die sich so sehr vom Üblichen unterscheidet. Bei Eisleben lernt sie, sich nicht wie andere bedingungslos dem System und den politischen Verhältnissen anzupassen und nicht um die Gunst der Entscheidungsträger zu buhlen. Eisleben ist ihr sozusagen ein Schutz. Und er ist die Garantie für gute, ernste Rollen, die sie nicht bekäme, da Goebbels ihren Typ überhaupt nicht schätzt. Er bevorzugt die exotischen Schauspielerinnen, wie zum Beispiel die Tschechin Lida Baarova, seine zeitweilige Geliebte.
Eisleben lässt sich im Frühjahr 1944 auf Drängen von Goebbels scheiden und heiratet Johanna. Dass die Rolle der Hilde Weimar, diese ›Küchenschürzenrolle‹, wie Johanna sagt, nicht eigentlich die ihre ist, bleibt zwischen den beiden unausgesprochen. Wichtig ist ihm, dass nicht nur er, sondern auch Johanna von jeglichem Kriegsdienst verschont bleibt.

12

»Erzähl doch noch einmal die Geschichte mit Albers, Rühmann und Molli«, sagt Lene Hackbarth, während Johanna Leise bei ihr sitzt und ein Kostüm anprobiert, an dem Lene noch einiges abstecken muss. Zu gerne hört sie den Klatsch aus dem Leben der Stars, und Johanna, die zahlreiche Filme mit beinahe allen Stars der Zeit gedreht hat, ist voll davon.

Sie sind Freundinnen geworden im Laufe verschiedener Produktionen.

»Sechsunddreißig, Filmball«, beginnt Johanna, »Molli, wie immer mit jungen Männern im Schlepptau, geht am Tisch vorbei, wo Albers und Rühmann und andere Kollegen sitzen. Ganz devot grüßt Molli die großen Kollegen. Albers springt auf, nimmt Molli in die Arme, drückt ihn und küsst ihn voll auf den Mund. Das hat er natürlich aus Quatsch gemacht – er wollte Molli aufziehen. Das macht er ja gerne, der Hans. Und jedenfalls: Rühmann dreht sich demonstrativ weg und grüßt Molli überhaupt nicht. Dann fragt Albers Rühmann: ›Herr Rühmann, warum haben Sie denn den Kollegen Molitor nicht begrüßt?‹ Und Rühmann sagt ganz entsetzt: ›Herr Albers, aber wissen Sie das nicht, er liebt Männer!?‹ ›Ja und‹, sagt Albers, ›ich doch auch.‹ Totales Gelächter natürlich.«

»Ausgerechnet Albers!«, kichert Lene.

»Er sah ja damals gut aus.«

»Albers – immer noch.«

»Nein, Molitor. Er war schlank, nicht so fett wie heute.

Meine Freundinnen und ich fanden es damals schade, dass er so ganz für die Frauenwelt verloren war.«
»Ja, ich kann mich erinnern. Gegen Rühmann war er ein arisches Musterstück.«
»Mutti hat einfach zu gut gekocht.«
Johanna seufzt, zupft am Kostüm, ist etwas ungeduldig.
»Im Moment könnte ich ihn täglich umbringen.«
»Dem sollte Paul ab und zu mal einen netten Jungen mitbringen, dann wäre der ganz zahm. Ich sage dir, Johanna, Molli hat Entzugserscheinungen. Man sagt ja, dass diese Männer, die Männer lieben, dass die es öfter brauchen. Stimmt das?«
»Woher soll ich das wissen, Lene.«
Sie kichern beide.
»Also ich für mein Teil«, sagt Lene, »seit ich das mit dem Geschlechtlichen in meinem Leben ganz abgeschafft habe, bin ich viel belastbarer und ausgeglichener.«
Johanna seufzt.
»Vielleicht sollte ich darüber auch mal nachdenken.«

13

21. Oktober 1944. Amerikanische Truppen erobern als erste deutsche Stadt Aachen. In Altenburg kann nicht weitergedreht werden, da noch kein Material aus Berlin gekommen ist. Reiter fordert es an. Es soll in den nächsten Tagen eintreffen. Eisleben probt diverse Szenen und schreibt.

14

Reiter poltert wieder einmal. Er hoffe doch, dass die Judenfrage jetzt gegessen sei. Die Szene brauche man doch nicht mehr. Das Stück spiele in der Gegenwart, das betone der Professor doch immer wieder. Ja, das tue ihm leid, aber in dieser Gegenwart gebe es eben keine Juden mehr. Er glaube, entgegnet Wagner, Eisleben wolle das trotzdem drehen. Und er, Wagner, sei der Überzeugung, dass noch mehr Juden im Lande seien, als man annehme. Schließlich habe man immer wieder von Leuten gehört, die Juden versteckt haben. So gesehen sei die Szene, wenn man in der Scheune des Bauern Krämer die beiden Juden entdecke, doch ganz realistisch. Andrerseits, ja, Reiter habe recht, es werde zu viel nutzloses Zeug gedreht, obwohl das Material knapp ist. Nun, der Herr Professor von Goebbels' Gnaden lasse sich Zeit, viel Zeit, drehe jede Einstellung zehn- bis zwanzigmal. Noch vermutet Reiter dahinter kein Kalkül, denn es war schon immer Eislebens Art, Szenen in langen Einstellungen durchzudrehen und dann bis zu zwanzig Mal zu wiederholen.

Er habe Informationen von oben, sagt Reiter. Die alliierte Propaganda lüge. Die Ardennenoffensive der Alliierten sei kläglich gescheitert. Es werde zum Endsieg nicht mehr lange dauern, danach brauche man doch diesen Film nicht mehr.

»Doch«, widerspricht Wagner mit glühender Begeisterung, »doch, gerade nach dem Sieg braucht dieses Land diesen Film, der zeigt, wie sehr es sich gelohnt hat, eisern

durchzuhalten, der die Helden der Front und die Helden der Heimat friedlich vereint zum Lobe eines neuen, großen Deutschlands. Und das ist doch die Intention des Ministeriums. Am Tag des Sieges in alle Kinos!«
»Weiß unser Regisseur und Drehbuchautor das noch?«
»Wir sollten ihn täglich dran erinnern, denke ich.«
»Gut, aber wenn er in dem Tempo weiterdreht, dann haben unsere V-Waffen eher ganz England in Schutt und Asche geschossen, als dass er seine letzte Klappe schlägt.«
»Der Film muss unbedingt am Tag des Sieges in allen Kinos laufen«, ereifert sich Wagner, »und die Begeisterung und der Rausch des Sieges müssen die Massen hineintreiben!«
»Dann also her mit den Juden, abdrehen und weg damit.«
»Sagen Sie, Herr Reiter, können wir für die Rollen nicht auch Leute von dieser Bühne in der Kreisstadt holen?«
»Sie wollen Arier Juden spielen lassen?!«
»Nein, entschuldigen Sie, natürlich nicht.«
»Das will ich meinen.«
Unbemerkt von den beiden, die sich so in eine Begeisterung über den bevorstehenden Endsieg hineingeredet haben, ist Eisleben erschienen. Reiter ist geladen und will nun forsch sein.
»Herr Eisleben, wann können Sie uns denn in puncto Besetzung der Juden etwas sagen?«
»Mir ist noch nicht ganz klar, wie die Szene aussehen soll. Lassen Sie mir noch etwas Zeit.«
Wagner, wie immer eifrig und eifernd, will sich, seinen Chef unterstützend, auszeichnen.

»Der Produktionsplan ist völlig aus den Fugen geraten, Herr Professor, wir sind hoffnungslos zurück.«
Eisleben bleibt ruhig und antwortet völlig emotionslos: »Es gibt hier keinen Produktionsplan mehr, Herr Wagner, ist Ihnen das bisher entgangen?«
Würde Eisleben Wagner jetzt ansehen, sähe er puren Hass in dessen Gesicht.
»Wie auch immer«, antwortet Reiter, »Sie bekommen Ihre Juden, wenn Sie welche brauchen, Herr Eisleben.«
Noch einmal triumphiert Wagner: »Wenn es dann noch welche gibt.«
Eisleben überhört das einfach und verlässt das Produktionsbüro. Würde er sich noch einmal umdrehen, sähe er zwei grinsende, präpotente Gesichter, aus denen alle erdenkliche Verbohrtheit und Verschlagenheit spricht. Er dreht sich nicht um, weil er weiß, was er sähe.

15

Im Jahre 1921 beklagt Joseph Goebbels in seiner Dissertation, es gebe nirgendwo *»ein starkes Genie, das aus dem Chaos der Zeit auf neuen Wogen zu neuen Zeiten führt«*. In Adolf Hitler, dem Biertischredner, den sein Münchner Freund Fritz Plang verehrt, sieht er das *»starke Genie«* noch nicht. Anlässlich der Hochzeit seines Bruders Konrad macht er sich sogar über anwesende Anhänger Hitlers lustig. Er zeichnet als Hochzeitsgeschenk ein auf einem Nachttopf sitzendes Kind und schreibt darunter: *»Seh ich nur ein Hakenkreuz, krieg ich schon zum Kacken Reiz.«*

16

Franz Seibert wird 1919 in Berlin geboren, ein Kind des Friedens, wie die Eltern sagen. Die sind beide Schauspieler, besitzen ein eigenes kleines Theater. Seiberts Kindheit spielt sich größtenteils hinter der Bühne ab, bald auch auf der Bühne. Seine Begeisterung für die Hitlerjugend bremsen die Eltern sehr subtil. Schon als Zehnjähriger wird er in kleinen Rollen besetzt. Eine Schauspielausbildung macht er bei den Eltern. Doch er merkt bald, dass das nicht seine Berufung ist. Er wird Regieassistent. 1937, gerade einmal achtzehn Jahre alt, zieht es ihn zum Film. Er bewirbt sich in Babelsberg bei der Ufa, wird als Assistent eingestellt und arbeitet ab 1939 bei Kurt Reiter, was ein großer Segen ist, denn der beschäftigt ihn während der ganzen Kriegsjahre und bewahrt ihn dadurch vor dem Militärdienst. Für Franz, der von den Eltern eine eher sozialdemokratische Orientierung mitbekommen hat und selbst über jegliche Hitlerbegeisterung hinweg ist, ergibt sich allerdings ein Konflikt. Er muss sich wider Willen mit Reiter, dem glühenden Nationalsozialisten, arrangieren, mit dessen patriotischen Filmen identifizieren und den Glauben an ein

System vortäuschen, das ihm zutiefst zuwider geworden ist. Den Regisseur Konrad Eisleben bewundert er, und es ist ihm eine besondere Freude, dass der ihn für seinen Film in der Heide als Regieassistent mitnimmt. Da sitzt er nun auf dieser Arche Noah und sehnt das Kriegsende und den Drehschluss herbei, um seine Eltern zu suchen, die in Berlin ausgebombt wurden. Bei der Maskenbildnerin Ursel Kling, die im Theater der Eltern gearbeitet hat, findet Franz Trost. Sie bangt um ihren Mann Friedrich, der irgendwo an der Ostfront ist, wenn er noch lebt. Im Laufe der Dreharbeiten entwickelt sich aus großer Vertrautheit und emotionaler Not heraus ein schüchternes Liebesverhältnis zwischen den beiden. Ursel vergisst dabei nicht zu betonen, dass Friedrich ihnen verzeihen würde.

17

Für Hänschen Weimar, alias Adolf Lechner, den achtjährigen Darsteller aus dem nahen Dorf Altenburg, einen Bäckerssohn, den Eisleben zufällig auf der Dorfstraße beim Spielen entdeckt hat, ist die Scheune zum Abenteuerspielplatz geworden. Das Reich von Siggi Weiss, die Requisite und die Beleuchtungen, und die Baubühne von Ludwig Trappel haben es ihm besonders angetan. Siggi folgt er auf Schritt und Tritt. Wenn er nicht proben oder drehen muss, steigt er mit ihm ins Gebälk, um einen Scheinwerfer festzubinden, fährt mit ihm und Köppel über die Dörfer, um das eine oder andere Requisit zu suchen und zu finden. Siggi mag den Jungen, dessen Neugier ihn an seine eigene Kindheit erinnert, als er staunend im Fundus saß, während seine Mutter auf der Bühne des kleinen Hamburger Theaters spielte.

»Als ich anfing, da hatte der Film noch keine Wörter«, sagt er zu Hänschen, den nun alle Hänschen nennen, die, denen der Name Adolf nicht gerne über die Lippen geht, sowieso.

»Und die Menschen haben nicht gesprochen?«

»Doch. Alles. Gesprochen haben sie und gesungen. Aber man hat es nicht gehört. Nur gesehen.«

»Und wenn einer blind war?«

»Na ja, für die Blinden hat man dann den Tonfilm erfunden. So können die Sehenden sehen, was im Film passiert, und die Blinden können es hören.«

Hänschen nickt nachdenklich. Und er weiß in diesen Momenten, da er an der Seite von Siggi im Gebälk der Scheune sitzt und in die Weimar'sche Wohnung hinunterschaut, den Schauplatz seiner ersten darstellerischen Bemühungen, dass er mal ein großer Schauspieler werden wird, so einer wie Hans Albers, für den seine Mutter so schwärmt, nicht so einer wie Molitor.

Obwohl die Mutter immer sagt, er soll mal Bäcker werden wie sein Vater und sein Großvater. Er will aber nicht Bäcker werden.

18

Im improvisierten Vorführraum hinter dem Produktionsbüro sitzen Eisleben, Seibert, Reiter, Wagner, Klick und Johanna bei der Vorführung einer Szene.

Hans Weimar fährt mit dem Motorrad durch den von stattlichen Häusern und alten Bäumen gesäumten Kudamm in Berlin. Aus den Fenstern hängen Hakenkreuzfahnen. Im Beiwagen sitzt Hänschen und jubelt. Um sie herum heile Welt. Die hinter ihnen ablaufende Rückprojektion, Rückpro genannt, die den Kudamm zu Friedenszeiten zeigt, vor dem Krieg.

»Schau dich um, mein Junge«, sagt Hans, »das ist unser Berlin. Unsere Hauptstadt. Der Kurfürstendamm. Da ist der Gloriapalast, wo die Filme gezeigt werden, da das Alhambra, das Universumkino, da drüben das Café Kranzler, dann die Gedächtniskirche und das Kaufhaus des Westens. Unser Berlin!

Um das zu verteidigen, war dein Vater im Krieg. Lass uns stolz sein, mein Junge, auf unser Berlin!«

»Und auf unsren Führer Adolf Hitler«, sagt Hänschen wie aus der Pistole geschossen.

»Dafür hat das Volk gedarbt, dafür hat deine Mutter um mich gebangt. Jetzt, da der Sieg unser ist, werden wieder die Ärmel hochgekrempelt. Jetzt wird jeder deutsche Mann gebraucht. Heute, mein Junge, gehört uns Europa –«

»Du, Papa?«

»Was denn, Hänschen?«

»Hast du viele Menschen erschossen?«
»Ja, mein Junge, aber nur Russen.«
»Wie viele?«
»Eine Menge. Ich hab sie nicht gezählt. Weißt du, wenn man im Schützengraben liegt und drüben bewegt sich was und man schießt, da weiß man nicht, ob man getroffen hat. Man muss schießen, damit man nicht selber erschossen wird. Es werden schon ein paar Dutzend gewesen sein – aber nur Russen.«
Vor dem stattlichen Kaufhaus des Westens hat Hans angehalten. Hänschen ist nachdenklich und schaut den Vater ernst an. Der gibt Gas, und sie fahren aus dem Bild.
»Dann die Totale und darüber der Abspann«, sagt Eisleben, »ist doch ein wunderbarer Schluss. Licht bitte und danke.«
Das Licht geht an. Für einen peinlichen Moment schweigen alle, starren vor sich hin, jeder wartet, dass ein anderer beginnt zu loben oder zu kritisieren.
Eine schöne Rückpro sei das, sagt Wagner und erntet dafür einen leicht spöttischen Blick seines Chefs Reiter. Der wiederum nutzt das nun schon gebrochene Schweigen. Er erlaube sich, sagt er in seiner schmierigen Art, da ein Problem zu haben, er wolle sogar sagen, ein möglicherweise gravierendes Problem. Hänschen, der Junge, wirke in der Szene bedrückt, so gar nicht siegesfreudig. Da habe man den Eindruck, dass ihm die Russen, die der Vater erschossen habe, leidtun.
Gegen diesen Eindruck, entgegnet Eisleben, habe er im Prinzip nichts.

Aber der Junge müsse doch stolz sein auf den Vater, wie jeder gute deutsche, aufrechte Junge das sei, sagt Wagner. Aber der Junge sei doch durchaus stolz auf den Vater. Und doch waren die Russen, die der Vater erschossen hat, Menschen. Und das gehe dem Jungen durch den Kopf, weil er das nicht so schnell verarbeiten könne wie ein Erwachsener.

Johanna wird wütend. Henning Klick, der sie lange kennt, merkt das, will ihr zuvorkommen, die Luft rausnehmen, ehe sie wieder einmal explodiert, was in letzter Zeit öfter vorkommt. Dem Jungen, also Adolf, dem Darsteller des Hänschen, sagt er, fehle wohl in der Realität tatsächlich das Gefühl – oder das Wissen – um die Greueltaten der Russen. Diese Kinder auf den Dörfern seien darüber nicht so aufgeklärt wie die Kinder beispielsweise in Berlin, hätten nicht die Kriegserfahrungen der Großstadtkinder. Der Junge habe als Hänschen kein Empfinden für die Heldentaten des Vaters – jedenfalls drücke sein Gesicht das in der Tat nicht aus.

»Sein eigener Vater ist in Russland gefallen. Man wird ihm das vielleicht einmal klarmachen müssen«, sagt Wagner.

»Unsinn!«, sagt Johanna, »es geht um Menschenleben, um Opfer, die auch Familie hatten, Frauen, Kinder, wie Sie!«

»Ich habe keine Familie, Frau Leise.«

Johanna ärgert sich wieder einmal über Eisleben, der nichts sagt, ihr nicht beisteht, schon in seinem Regiebuch blättert, als gehe ihn diese Diskussion gar nichts mehr an. Sie will gehen. Reiter lächelt:

»Ist das nicht eine wunderbare Rückpro, Frau Leise? – Das ist unser schönes Berlin!«

»Das war unser schönes Berlin, Herr Reiter.«

»Hören Sie, Frau Leise, wir haben das alles gesehen in Berlin. Es war nicht schön. Und doch wissen wir heute, dass sich die Alliierten in Berlin ausgeblutet haben. Ich habe täglich Kontakt mit dem Ministerium. Die deutsche Luftwaffe hat längst die Hoheit zurückgewonnen.«

»Warum erzählen Sie mir das?«

»Wir werden den Krieg gewinnen. Die neuen Waffen sind startbereit. In Kürze liegt England in Schutt und Asche. Das ungebärdige Aufbäumen der Russen und der Engländer war eine momentane Erscheinung, ein Strohfeuer. Jetzt schlagen wir zurück. Und dieser Film wird eine Wunderwaffe an der Heimatfront.«

»Deutschland liegt am Boden, Herr Reiter, machen Sie sich und uns nichts vor. Köppel ist der Einzige von uns, der regelmäßig durch das Land fährt. Fragen Sie ihn, was er zu erzählen hat.«

19

Diese ›Küchenschürzenrolle‹, sagt Johanna, hätte sie zu anderen Zeiten niemals angenommen. Sie hat die großen Frauenrollen der Tragödien gespielt, Fabrikantenfrauen, forsche deutsche Frauen, tapfere Kämpferinnen für das Große. Dieses Hausmuttchen Hilde Weimar verachtet sie zutiefst. Hätte wenigstens Albers die Rolle des Hans Weimar übernommen, dann wäre das was anderes. Aber dieser inzwischen völlig verschlampte Provinztheaterschauspieler Molitor ist der wahre Graus. Er schwitzt, riecht aus dem Mund, chargiert, utriert, ist unpräzise und schlecht vorbereitet, aber zettelt ständig überflüssige Diskussionen an. Er ist so vollständig unbegabt, dass Johanna nicht versteht, warum sich Eisleben nicht gegen seine Verpflichtung gewehrt hat. Und warum tut er nichts, warum sagt er ihm nicht, dass er falsch betont, dass er zu laut ist, dass er sich bewegt wie ein Rhinozeros, dass er keinen Funken jener Eleganz hat, die dieser Held braucht, der der strahlende Sieges-Hans sein soll? Jeder tanzt nach Molitors Pfeife, alle seine Launen sind heilig. Dann droht er noch, nach Berlin abzuhauen. Doch er wird nicht gehen, denn auch er weiß, dass diese Insel hier auch sein Leben rettet. Einer wie er wäre doch an der Front verloren. Neulich sagte er sogar, es sei seine größte Angst, in einen Luftschutzbunker gehen zu müssen, lieber bringe er sich um und teile damit das Schicksal seiner Mutter.

Molitor, denkt Johanna, ist nicht das eigentliche Problem. Konrad ist es. Konrad Eisleben, der ewige Taktierer, der

Diplomat, der alles einsteckt, was diese Herren Wagner und Reiter wagen von sich zu geben. Warum macht er das? Ja, sie ahnt es. Sie hat selbst jahrelang zum Kummer ihrer Eltern mitgemacht, das Laute, das Dumpfe, das Pöbelhafte ertragen, sich in Träume von der Arbeit mit den Regisseuren hineingeträumt, die sich nie wirklich für sie als Schauspielerin interessiert haben, die weggegangen sind, das Land verlassen haben, ohne sie zu fragen, ob sie nicht mitkommen will. Nun ist sie hier, und sie ist schließlich als Eislebens Frau und als Darstellerin ein Teil davon.
Man solle doch zufrieden sein, sagt Konrad immer wieder gebetsmühlenartig. Man habe zu essen, habe Arbeit, müsse nicht aus Wohnungen heraus täglich in Luftschutzbunker, habe ein Dach über dem Kopf, und man sei schließlich zusammen. Und der Krieg sei doch weit entfernt, finde anderswo statt. Unter normalen Umständen, sagt er, würde er einen solchen Stoff nicht drehen und mit Schauspielern vom Format Molitor nicht arbeiten. Aber die Verhältnisse seien nun mal so, und das sei ja nicht das Schlechteste.
»Wir machen uns alle keine Vorstellungen davon, was die Menschen draußen leiden. Köppel schweigt, weil er uns mit dem, was er alle drei Tage in Berlin sieht, verschonen will.«
»Konrad, man hat Molitor, der es uns hier nicht leichtmacht, zwangsverpflichtet, wie alle anderen auch.«
»Ja, und das können wir nicht hoch genug schätzen.«
»Warum konnte ein Albers die Rolle ablehnen? Warum hat man ihn nicht zwangsverpflichtet?«

Eisleben lächelt.
»Johanna, einen Albers zwangsverpflichtet man nicht. Da traut sich nicht mal Goebbels ran. Aber sie haben ihn nach Prag geschickt. ›Shiva und das Blumenmädchen‹ dreht er dort – auch eine Schmonzette.«
Johanna liegt auf dem schmalen Bett in der Kammer über den zu Produktionsbüros und Zimmern umgestalteten Hallen, die einen Teil des Teams beherbergen. Ein anderer Teil, vor allem der Stab, wohnt im nahen Dorf. Das Zimmer, das Johanna und Eisleben bewohnen, ist die Fürstensuite, wie Reiter zu sagen pflegt. Ein Bett, ein Bauernschrank, ein Schreibtisch, ein transportables Waschbecken, eine Glühbirne an der Decke. Das ›Dach über dem Kopf‹, von dem Eisleben spricht. Er sitzt am Schreibtisch über das Drehbuch gebeugt, das er täglich ändert oder ergänzt, das eigentlich gar kein vollständiges Drehbuch ist.
Es ist Mitte November, draußen schneit es leicht.
Voller Wehmut denkt Johanna an bessere Zeiten, an die Hotels, in denen man während der Dreharbeiten wohnte, an die Affären, die sie zahlreich hatte, an den Glanz der Filmbälle und -premieren, an die Bewunderung und Verehrung des Publikums, an die schönen Seiten ihres Berufes.
Eisleben steht auf, geht zum Bett, setzt sich und nimmt ihre Hände in die seinen.
»Ich weiß, meine Liebe, es ist unter diesen Umständen schwer, seine Arbeit gut zu tun.«
»Ach Gott, ja.«
»Wir sollten zufrieden sein. Wir haben zu essen, haben

Arbeit, müssen nicht in den Krieg, nicht in die Waffenindustrie. Johanna, das ist eine Insel hier. Und wir sind zusammen –«

»Trotzdem, ich habe auch unter anderen Umständen gearbeitet. Mehr als Molitor.«

»Du bist freiwillig hier, er wurde gezwungen. Das ist der Unterschied.«

»Aber muss denn jeder nach seiner Pfeife tanzen? Muss man diesen permanenten Dilettantismus ertragen?«

»Aber schau ihn dir doch an. Er muss doch am meisten unter seiner Lächerlichkeit leiden.«

»Dazu ist er viel zu sehr von sich überzeugt.«

»Mag sein, ja.«

Sie schweigt nachdenklich, lacht dann plötzlich laut.

»Weißt du, Konrad, was mich mit Molitor verbindet?«

»Ja, du liebst auch Männer.«

»Erraten! Aber das ist jetzt auch vorbei, nachdem mich Goebbels zur Ehefrau gezwungen hat.«

»Liebes, wir können uns ja nach dem Krieg wieder scheiden lassen.«

»Soll unser Kind ein Scheidungskind werden?«

Er starrt sie an.

»Du bist –?«

»Ja. Im vierten Monat«

»Nein?!«

»Doch!«

»Ein Friedenskind!«

20

»Wir werden der Sauerteig sein, der revolutioniert und neues Leben bringt. Wir werden das Recht haben, in der neuen Zeit das erste Wort zu sprechen. Und dieses Wort soll sein: Wahrheit, Kampf der Lüge und dem Betrug, Liebe.« Das schreibt Joseph Goebbels am 5. Juni 1923 an Else Janke, seine Freundin, eine Halbjüdin. Es scheint ihm jetzt im Süden Deutschlands, in München, wo Hitler immer stärker von sich reden macht, *»eine neue Sonne«* aufzugehen. Und er verkündet: *»Das Chaos muss kommen, wenn es besser werden soll.«*

21

Nein, sagt Molitor, diese Mustervorführungen, das sei nichts für ihn, das wolle er nicht, er könne sich nämlich im Film nicht sehen.

»Da geht's mir genauso«, sagt Hanspeter Reimer, der Maskenbildner, den sie Hape nennen, der Molli gerade eine siegfriedhafte blonde Perücke über die Glatze stülpt, »ich kann dich im Film auch nicht sehen.«

»Arschloch!«, schreit Molitor, um dann wieder in weinerliches Selbstmitleid zu verfallen. Er friere, weil hier nicht genügend geheizt werde, er habe ständig Hunger, und wenn er friere, habe er noch mehr Hunger. Die Rationen seien eine Frechheit. Man könne es doch bei den Bauern holen, die lebten im Überfluss. In Berlin, als er dort noch drehte, habe er sich jeden Abend bei Mutti satt gegessen. Dieser Gulaschkanonenfraß sei eine Zumutung. Mutti sei tot, wollte nicht in den Luftschutzbunker. Er habe jetzt niemanden mehr auf der Welt, denke oft an Selbstmord. Einen Strick habe er sich schon geknüpft, auch die Stelle im Gebälk, wo er sich erhängen werde, habe er schon ausgesucht. Aber er sei noch zu gespannt, wie das mit dem Krieg ausgehe, ob Deutschland noch den Sieg davontrage. Solange er das nicht wisse, könne er sich nicht umbringen. Man wolle doch Gewissheit haben, wenn man dann schon tot sei. Hier sei jedenfalls alles eine Demütigung. Überall herrsche Willkür, Drehpläne würden nicht eingehalten, ein Regisseur fühle sich zum Dichter berufen, Menschen verhungerten förmlich, grauenhaft sei das alles. Er sei sich nicht sicher, versteigt er sich, dass es an der Front schlimmer sei.

»Nichts leichter als das, Molli, in ein paar Stunden bist du mittendrin im Krieg. Nur los! Sie fahren dich sicher gerne hin, können ja jeden gebrauchen gegen den Iwan«, sagt Reimer.

»Ach, Hape, hätte ich doch damals die Intendanz in Anklam angenommen, dann wäre mir das hier alles erspart geblieben!«

»Anklam«, sagt Reimer, »Anklam hat der Ami weggebombt. Ich glaube, da braucht man jetzt keinen Intendanten. Hahaha!«

»Schrecklich das alles! Was für eine Welt!«

Sie sitzen in dem Raum, einem Bretterverschlag, der als Garderobe, Schneiderei und Maske dient. Lene sitzt an einer Nähmaschine und arbeitet. Sie schaut zu den beiden herüber. Hape hält Molli einen Spiegel hin. Lene kichert: »Damit siehst du fast aus wie Albers, Molli! Aber nur fast!«
Molli springt auf.
»Ach, ihr seid doch alle Arschlöcher!«
Hape Reimer kichert.
»Das würde dir so passen, was?«
Molli geht beleidigt.
»Man muss ihn einfach lieben, nicht?«, sagt Lene und lacht.

22

Uwe Griebel (Viktor von Kolkwitz) sitzt in Uniform in einem Büro. Hinter ihm das Bild des Führers, daneben eine riesige Hakenkreuzfahne. Wilhelm (Joseph Kunert) kommt herein. Als sei er noch mit etwas ganz Wichtigem beschäftigt, nimmt Griebel erst einmal keine Notiz vom Hereingekommenen. Wilhelm wird unruhig, hustet.
»Ah, Wilhelm, ja – ich habe dich kommen lassen –«
»Wie – du hast mich kommen lassen – wie redest du denn mit mir?«
»Wie es sich für einen gehört, der dem Freund die Frau schwängert.«

»Uwe – nun rede kein dummes Zeug – ich –«

»Wilhelm, wir befinden uns im Büro des Parteivorsitzenden Obersturmbannführer Griebel – da wird kein dummes Zeug geredet, verstehst du mich?«

»Du weißt doch, was für Zeiten wir haben. Hildes Mann im Krieg –«

»Dein Freund.«

»Jedenfalls die arme Frau alleine, der harte Winter, die Ängste – da rückt man zusammen, da braucht man – ja, wie soll ich sagen, schon mal eine Wärmflasche – ich bin doch auch alleine – ich – sag mal, woher weißt du das überhaupt?«

»Wir wissen grundsätzlich alles.«

»Aha.«

»Wie auch immer – sie ist schwanger von dir. Was glaubst du, was Hans sagt, wenn der nach Hause kommt?«

»Wenn er überhaupt nach Hause kommt.«

»Mann, ihr seid doch Freunde – wie konntest du nur –?«

»Alle drei waren wir Freunde. Mein Gott, das weißt du doch – unschlagbar waren wir – immer jeder für den anderen da –«

»Auch im Bett.«

»Wir waren ein gutes Gespann – einmal – wir drei mit dem Motorrad in Berlin – Hilde im Beiwagen – fünfunddreißig war das – wir drei – das –«

»Und dann hat sie ihn genommen, und dafür hast du dich jetzt gerächt.«

»Aber nein, so kann man das doch nicht sehen.«

Griebel steht auf, schlägt auf den Tisch.

»Jedenfalls gibt es nur eine Möglichkeit.«

»Welche?«

»Du musst verschwinden.«

»Was?«

»Wie ich es sage. Wir schreiben dich gesund und für kriegstauglich und –«

»Uwe, das kannst du nicht machen.«

»Entweder du meldest dich freiwillig – oder ich helfe nach – verstehen wir uns!?«

Er geht an Wilhelm vorbei mit einem »Heil Hitler!« und verlässt den Raum.

»Du Schwein«, zischt Wilhelm.

»Danke!«, ruft Eisleben, »das können wir dann so drehen. Herr von Kolkwitz, eine Sache –«

»Ja, ich höre.«

»Bis zu dem ›Du musst verschwinden‹ muss Griebel ganz freundlich-jovial sein. Mit dem Satz aber holt er quasi die Peitsche raus. Und da, Herr Kunert, fällt Wilhelm aus allen Wolken. Er dachte ja schon, mit der netten Geschichte zu dritt in Berlin könnte er in der Sache die Luft rausnehmen. Nun braucht er eine gewisse Zeit, um zu begreifen. Denn was heißt das denn? Das heißt an die Front, nichts anderes. Und das ist ihm in diesem Moment klar. Dann bitte alles auf Anfang!«

23

»Also eins muss klar sein, Lene«, sagt Köppel, »Bargeld nehme ich nicht. Kann ich nichts mit anfangen. Dafür gibt mir keiner nix, auch der Bauer nicht.«
Er hat ihr Kaffee, Eier, Bauernbrot und Zigaretten mitgebracht, die sie – niemand beobachtet sie – im Garderobenschrank verschwinden lässt.
»Dann muss wohl Omas Tafelsilber dran glauben.«
»Die Bauern nehmen alles. Möbel, Schmuck, Geschirr, Silber. Ich hab Klaviere und ganze großstädtische Einrichtungen in Bauernscheunen gesehen, einen Bechsteinflügel im Saustall.«
»Sei's drum. Du kannst das Fischbesteck haben. Essen kann ich es ja nicht. Und wenn der Bauer meint, er braucht das – soll er's haben.«
Sie holt das Fischbesteck hervor, öffnet die Schatulle, betrachtet es mit leichter Wehmut.
»Fischbesteck. Vierundzwanzig Teile. Ist von meiner Großmutter aus Königsberg, wo sie mit hat de Fisch gejessen. Weiß nicht, warum ich das mitgenommen habe. Aber so hat es ja jetzt einen Sinn. Lieber geb ich's für Kaffee, Brot und Zigaretten als für Kanonenkugeln.«
»Weißt du, Lene, was das Schönste am Krieg ist?«
»Da fällt mir eigentlich nichts ein.«
»Dass das Geld keine Wichtigkeit mehr hat.«
»Ach, Paul.«
Paul wird plötzlich ganz traurig, starrt vor sich hin.
»Paul, was ist los?«

»Der Sebastian ist gefallen, der Veit und jetzt auch der Benno. Drei Brüder – nein, es ist nix Schönes am Krieg.«

24

Lene Hackbarth wird 1905 in Peking geboren, wo ihr Vater Fritz bei der trans-chinesischen Eisenbahn arbeitet. Mit fünf Jahren kommt sie mit den Eltern nach Berlin. Dort gründet der Vater mit seinem Bruder Walter eine Baufirma, die während des Krieges und auch danach floriert. Lene wächst mit drei Schwestern großbürgerlich auf, mit Boot auf der Havel und Bediensteten einschließlich Chauffeur, dem Luxus einer höheren Tochter, was bedeutet, nichts lernen, nicht arbeiten zu müssen. 1927, Lene ist zweiundzwanzig Jahre alt, verschwindet Onkel Walter spurlos mit dem gesamten Vermögen der Firma. Auf einen Schlag ist die Familie verarmt. Fritz verfällt in eine tiefe Depression und gibt sich dem Alkohol hin. Mutter Emmy muss mit Putzen in Herrschaftshäusern die Familie ernähren. Und die Töchter müssen plötzlich auch arbeiten, etwas lernen. Lene beginnt eine Lehre bei einem jüdischen Schneider. Dort werden Vorhänge für Kinos und Theater genäht, eine eintönige Arbeit. Sie lernt einen jungen Kommunisten kennen, Martin, der in einer Druckerei arbeitet und politisch aktiv ist. 1930 heiraten die beiden, was den Eltern, die immer noch den Dünkel der höheren Kreise haben und durchaus an das neue System glauben wollen, nicht recht ist. Lene und Martin ziehen in eine bescheidene Wohnung und sind zunächst glücklich. Über einen Genossen von Martin lernt Lene einen Ausstatter kennen, der in Babelsberg beim Film arbeitet. Der verschafft ihr einen Job in der Schneiderei. Sie wird Garderobiere und taucht in eine völlig neue Welt ein, die der Stars des deutschen Films.

Eines Tages, 1933, Hitler ist an der Macht und die Untergrundarbeit von Martin wird gefährlich, tauchen in der Wohnung drei Männer auf, beschimpfen Martin als ›homosexuelles kommunistisches Schwein‹ und verschleppen ihn. Einer der Männer vergewaltigt Lene, ehe er geht. Von einem Genossen Martins erfährt Lene, dass ihr Mann sie regelmäßig betrogen hat – mit Männern. Von Martin fehlt jede Spur.

Lene geht ihrer Arbeit nach, findet darin ihre Erfüllung. Sie arbeitet an Filmen mit, die sie später im Kino sieht. Annäherungsversuche von Männern weist sie zurück. Das, sagt sie, sei für sie erledigt. Den Krieg erlebt Lene wie alle Berliner, mit Bombenangriffen, Luftschutzkeller, Zerstörung des Hauses und der Wohnung und schließlich auch Bomben auf die Studios in Babelsberg. Dennoch wird weitergedreht, und Lene ist froh, nicht in die Waffenindustrie zu müssen.

Im Herbst 1944 holt Reiter sie, die er schon seit längerem regelmäßig einsetzt, zum Film mit Eisleben und der zur Freundin gewordenen Johanna Leise in der Heide.

25

Zwei- bis dreimal die Woche, so auch heute, muss Paul Köppel Reiter und Wagner nach Feierabend mit dem einzigen der Produktion noch zur Verfügung stehenden Auto nach Altenburg fahren, wo sie in der Gastwirtschaft ›Krug‹ absteigen. Manchmal bleibt Köppel da und hört zu, singt ein paar bayerische Lieder, wenn sie ihn dazu auffordern, manchmal fährt er zurück und holt die beiden um Mitternacht, wenn sie betrunken sind, wieder ab. Da sitzen sie mit den alten Bauern, die jungen sind ja im Krieg, zu einem großen Teil schon gefallen oder vermisst, schwadronieren, lullen die Männer mit ihrem vaterländischen Geschwafel ein, machen sich wichtig, denn sie sind ja vom Film und was ganz Besonderes. Zu ihnen gesellt sich meist der Schauspieler Viktor von Kolkwitz, der im Haus des ehemaligen Schuhmachers Graf wohnt, eines Juden, den sie samt Familie abgeholt haben. Auch er versteht es, die Bauern mit seinen martialischen, vaterländisch durchdrungenen Geschichten und antisemitischen Witzen zu unterhalten. Er ist sozusagen der Platzhirsch in der Runde. Manche nennen ihn den Grafen, was er sich gerne gefallen lässt.

Er, Wagner und Reiter, der um die einzige anwesende Frau, die Wirtin, die auch schon Kriegerwitwe ist, herumscharwenzelt, was sie, warum auch immer, durchaus zulässt, halten Volksreden. Die Bauern nicken, schweigen, sind nicht so redegewandt, nicht so informiert, aber auch nicht so interessiert. Und dass sie begeistert von diesem Krieg wären, davon kann gar keine Rede sein. Auf dem Kriegerdenkmal ihres 350-Seelen-Dorfes stehen siebzehn Gefallene des Ersten Weltkriegs. Sie, die hier sitzen, waren auch im Feld. Sie haben überlebt. Ihre Häuser sind nicht zerstört, aber sie bangen jetzt um ihre Söhne. Sie lassen sie reden, die Berliner mit der großen Schnauze und den eingebildeten Adeligen aus Bayern. Es ist eine Abwechslung, das schon.

Nur der Ortsgruppenführer Kornbichler wird zum glühenden Bewunderer der Schwadroneure.

Er habe die Zerstörungen in Berlin gesehen, sagt Reiter. Schließlich musste man ja auch die Innenmotive dieser Produktion aufs flache Land verlegen, in diese Scheune. Das seien eben die Nebenerscheinungen eines Krieges. Man wisse aber jetzt, dass sich in Berlin die Alliierten ausgeblutet haben. Er habe täglich Funkkontakt mit den Ministerien. Die deutsche Luftwaffe habe längst die Hoheit zurückgewonnen. In wenigen Tagen würden die neuen V-Waffen eingesetzt. Es werde kein zweites Stalingrad in Berlin geben. Jetzt gehe es gegen die Engländer. Man werde diesen Krieg gewinnen. Das müsse man den Menschen im Lande sagen. Man müsse den Überlebenswillen der Menschen stärken. Darum mache man Filme. Denn der Film schlechthin sei eine Wunderwaffe, und dieser Film im Besonderen, weswegen er von oben – von ganz oben – gewollt wird.

»Prost, Leute!«, ruft Reiter, »der Sieg ist unser, und das Leben geht weiter. Unser Auftrag ist: Mut machen, gute Laune machen, Hoffnung machen. Das Aufbäumen der

Russen und Engländer war eine momentane Erscheinung, eine bolschewistisch-jüdische Verschwörung. Jetzt, Freunde, schlagen wir zurück. Bald liegt England in Schutt und Asche! Und dann wird der Sieg gefeiert, in Krahwinkel und Altenburg.«

»Was gibt es Erhabeneres« sagt von Kolkwitz mit dramatischer Geste, »als mit den Mitteln der Schauspielkunst zum großen Sieg beitragen zu dürfen.«

Er glaube nicht mehr an den Endsieg, sagt Eugen Hager, der Lehrer des Ortes, der im Ersten Weltkrieg einen Arm verloren hat. Deutschland liege am Boden, die Alliierten im Vormarsch – das höre man überall.

»Was hört man nicht alles in diesen Tagen! Wenn Sie wollen, können Sie jeden Tag irgendwo im Radio hören, dass unser Führer tot ist. Und doch lebt er. Alles Lüge, Propaganda, Scheißhausparolen!«

Wie Reiter das genießt, wenn sie ihm zuhören, staunen und ihm nicht widersprechen. Kornbichler ist stets begeistert, Wagner und von Kolkwitz unterstützen mit kämpferischen Bemerkungen die Argumente, und Köppel ist meistens auf einer Bank im hinteren Teil der Gaststätte eingeschlafen. Zum Abschluss des Abends singen sie: ›Solang nicht der Jude am Kronleuchter hängt, sind wir noch nicht richtig in Schuss! Solang nicht der Jude am Kronleuchter hängt, da schmeckt uns kein Sekt und kein Kuss! …‹

Als Köppel heute vom betrunkenen Wagner geweckt wird, muss er nur den zur Scheune zurückfahren. Morgen früh, wenn er die Schauspieler und die Leute aus dem Stab ab-

holt, wird er Reiter, den sich die Wirtin schon ins Bett gepackt hat, mitnehmen müssen.
Während der Fahrt, auf der Wagner vaterländisches Zeug vor sich hin lallt, ist Paul Köppel melancholisch zumute. Er denkt an die Tochter des Schreiners Hansen, Martha, die ihm schüchtern schöne Augen macht, aber von den Eltern behütet wird, denn sie hat einen Verlobten, der noch im Krieg ist. Ihm, sagt der Schreiner, als ihn Paul mal wieder zur Scheune fährt, wo er für die Baubühne arbeitet, ihm sei das egal mit der Tochter, aber seine Frau sei da so streng in diesen Dingen. Ob der Verlobte noch lebe, wisse man ohnehin nicht. Gehört habe man von ihm schon lange nichts mehr. »In Russland wird er liegen, irgendwo im Eis, erschossen, verhungert, weiß der Teufel.«
In der Nacht, nachdem er Wagner ins Bett gebracht hat, träumt Paul, dass er Martha entführt, mit ihr nach Berlin fährt, mit ihr im Luftschutzbunker sitzt und sie küsst. Und von den Tieffliegern träumt er, vom Bombenhagel, von den schreienden, vor Verzweiflung halb wahnsinnigen Menschen in den Straßen, von den Trümmern, den Hungernden, die sich auf offener Straße um die Überreste eines toten Pferdes streiten, und wie er Martha vor allem beschützt. Und er träumt vom elterlichen Bauernhof am Chiemsee, träumt, dass er mit Martha dort ist, den Hof übernimmt, was wohl seine Zukunft sein wird nach dem Tod der Brüder. In der Tat, das träumt Paul nicht nur, es fliegen immer wieder Bomber über die Scheune, auf ihrem Weg nach Berlin, nach Hannover, nach Hamburg.

26

Als Schriftleiter der *Völkischen Freiheit* feiert Joseph Goebbels am 8. November 1924 Hitler, den »*großen deutschen Apostel*«, dem er zu dem Zeitpunkt noch nicht persönlich begegnet ist: »*Er hat uns die alte, deutsche Treue wieder gelehrt; wir wollen sie ihm halten bis zum Sieg, oder bis zum Untergang. Danken wir dem Schicksal, dass es uns diesen Mann gab, den Steuermann in der Not, den Apostel der Wahrheit, den Führer zur Freiheit, den Bekenner, den Fanatiker der Liebe, den Rufer im Streit, den Helden der Treue, das Symbol des deutschen Gewissens.*«

27

Thomas Wagner, geboren 1924 in Bamberg, wächst in einer fanatischen Nazifamilie auf. Mutter Funktionärin beim BDM, Vater Soldat im Reiterregiment zu Bamberg. Als Thomas sechs Jahre alt ist, kann er eines Tages seinen Vater bewundern, der an der Seite des Leutnants Claus Schenk Graf von Stauffenberg mit Hakenkreuzfahne durch Bamberg reitet. Thomas bewundert den stolzen Grafen, von dessen Linientreue der Vater oft erzählt. Dass er sich einmal über diesen stolzen Reiter erzürnen wird müssen, ahnt er da noch nicht. Thomas ist ein begeisterter Hitlerjunge, und als Deutschland 1939 gegen Polen zieht, will

er, gerade fünfzehn, mit in den Krieg ziehen, was der Vater verhindert. Der verordnet eine Tischlerlehre in der Werkstatt eines Onkels in Berlin. Mehr als das Handwerk liegt dem Jungen das Organisieren. Über die Arbeit in der NSDAP lernt er einen Bühnenbildner der Ufa kennen, der ihn dort unterbringt. Zunächst arbeitet er in der Ausstattung, dann wird er Produktionsassistent, schließlich die rechte Hand von Kurt Reiter. Über die Tatsache, dass Reiter Wagner mit in die Heide-Produktion nimmt, ist Eisleben nicht begeistert. Er mag diese allzu forschen, lauten, grob nationalistischen Schreihälse nicht, sieht in ihnen verblendete Dummköpfe, die der guten Sache der Bewegung eher schaden als nützen. Da hält er es mit seinem Dienstherrn Goebbels. Eisleben ahnt, dass Reiter diesen Assistenten dazu benutzt, für Disziplin im Sinne des Systems zu sorgen. Wagner wird Reiters Wachhund. Eisleben kann das nicht verhindern, denn Reiter steht Goebbels näher als er.
Eine Leiche hat Wagner allerdings im Keller. Aus einer kurzen Liebschaft ist ein Kind hervorgegangen. Wagner will mit ihm nichts zu tun haben, zumal die Mutter, was er zunächst nicht wußte, Halbjüdin ist. Reiter vermittelt und Goebbels erledigt persönlich das Problem. Er lässt Mutter und Kind verschwinden.

28

Am 27. November 1944 bombardiert die Royal Air Force Freiburg. 2800 Menschen sterben. Vor der Scheune bei Altenburg verliert ein Flugzeug eine Bombe. Der Krater inspiriert Eisleben zu einer Szene mit Hänschen und ein paar anderen Kindern aus dem Dorf. Wie ein Stück vom Krieg nach Krahwinkel kommt.

29

Adolf alias Hänschen sitzt bei Weiss in der Requisite und bestaunt die vielen Gegenstände. Wagner kommt dazu und setzt sich Hänschen gegenüber, was Weiss missfällt, denn er ahnt nichts Gutes.

»Sag mal, Hänschen«, sagt Wagner, arglos sich gebend, »wo ist eigentlich dein Vater?«

»Mein Vater ist tot.«

»Ist er gestorben?«

»Ja.«

»Wo denn? Zu Hause im Bett?«

»Thomas, was soll das?«, sagt Weiss.

»Halt du dich da raus, ja.«

Er wendet sich wieder dem ziemlich eingeschüchterten Jungen zu.

»Liegt dein Vater bei euch auf dem Friedhof im Grab?«

»Nein.«
»Wo ist er denn begraben?«
»In Russland.«
»Also ist er gefallen, nicht wahr?«
»Ja.«
»Er ist also nicht normal gestorben. Er ist von einem Russen erschossen worden. Hat man dir das nicht gesagt?«
»Doch, meine Mama hat es mir gesagt.«
»Wenn du jetzt im Film das Hänschen spielst und der Vater dir sagt, dass er Russen erschossen hat, hast du dann mit denen Mitleid?«
Wieder mischt sich Weiss ein.
»Nun hör doch auf, lass den Jungen doch in Ruhe.«
»Hast du mit denen Mitleid?«
»Ja.«
»Aber du kanntest die doch gar nicht.«
Hänschen denkt nach und schaut etwas hilflos zu Weiss hinüber, der dem Blick peinlich berührt ausweicht.
»Aber die haben vielleicht auch Kinder.«
Weiss lächelt stolz. Wagner steht auf und vergisst für einen Moment, dass er nicht mit einem Erwachsenen spricht. Er wird heftig, schreit fast.
»Aber die Kinder von Russen sind nur Russenkinder, wie die Kinder von Juden nur Judenkinder sind. Merke dir das.«
Er geht. Weiss kommt zu Hänschen, der ganz verwirrt ist, und streichelt ihm über den Kopf. Er ist stolz auf ihn.

30

»Hans, ich muss dir was sagen.«
»Immer heraus damit!«
»Ich trau mich nicht.«
Hans und Hilde Weimar sitzen am Küchentisch. Sie schlägt die Hände vors Gesicht und schluchzt. Er ist ratlos, versucht, etwas linkisch ihre Wange zu streicheln.
»Es gibt nach allem, was ich erlebt habe, nichts, wovor ich mich fürchte. Also raus damit!«
»Ich bin schwanger.«
Er starrt sie an.
»Stopp, stopp, stopp!«, ruft Eisleben. »Herr Molitor, da müssen Sie mehr geben. Sehen Sie, es ist doch eine Ungeheuerlichkeit. Der Mann war vier Jahre im Krieg, er kommt nach Hause und seine Frau ist schwanger. Stellen Sie sich vor, was einem da alles durch den Kopf geht. Wer, was, warum?«
»Sollte er aufbrausen, schreien – wie kannst du! Oder so?«
»Nein. Das nicht. Er ist ein ruhiger, einfühlsamer Mensch.«
Johanna lächelt.
»Das Entsetzen ist stumm, aber es ist ein Entsetzen, eine Ungeheuerlichkeit, eine tiefe Verletztheit auch, verstehen Sie.«
»Ich denke, ja.«
»Gut, Johanna nochmal mit deinem Satz, bitte.«
»Ich bin schwanger.«

Er starrt sie an, voller Entsetzen. Er sieht blöde aus, denkt Johanna, aber so ist er.
»Aber Hilde, meine Hilde, was – wer – ich verstehe nicht – wie konnte das ge–«
Er steht auf, geht ans Fenster, schaut hinaus, dreht sich wieder zu ihr um, betrachtet sie jetzt mit einem leichten Anflug von Abscheu.
»Ein Engländer, Kriegsgefangener – er – er hat mich – es war so furchtbar – ich – bitte, Hans, bitte –«
»Ein Engländer, o Gott!«
Er rennt hinaus.
»Ich brauche Luft, Luft!«
Sie sackt laut schluchzend über dem Tisch zusammen.
»Danke, sehr gut, so drehen wir das. Maske bitte! Und alles auf Anfang. Und, Johanna, schicke ihm noch einen verzweifelten Blick hinterher, eh du über dem Tisch zusammenbrichst. Ich muss da schon die Angst davor spüren, ihm eventuell die wirkliche Wahrheit sagen zu müssen, ja?«
»Ja.«

31

Josef Kornbichler hat mit dem von ihm verehrten Reichspropagandaminister, den manche heimlich ›Schrumpfgermane‹ oder ›Humpelstilzchen‹ nennen, zwei Dinge gemeinsam. Er ist nur hundertfünfundsechzig Zentimeter groß und er humpelt. In Altenburg ist er jetzt eine Persönlichkeit, gleichermaßen geachtet wie gefürchtet. Doch das war nicht immer so.
1895 als unehelicher Sohn einer Bauernmagd geboren, wächst er nach dem frühen Verschwinden seiner Mutter auf einem Bauernhof auf. Harte landwirtschaftliche Arbeit kennzeichnet seine Kindheit. 1914 zieht er neunzehnjährig freiwillig und begeistert in den Krieg, aus dem er zwei Jahre später mit zerschossenem Bein und reichlich desillusioniert zurückkehrt. Fortan wohnt er im Gemeindehaus, lebt von Gelegenheitsarbeiten und kommt recht und schlecht über die Runden. Am Stammtisch der Bauern hat er keinen Platz, er sitzt an einem Seitentisch mit den Arbeitern und Knechten. Als der Nationalsozialismus auch nach Altenburg seine Fühler ausstreckt, sieht Kornbichler seine Stunde gekommen. Auf einem Jahrmarkt in der Kreisstadt angeworben, tritt er bereits 1925 der Partei bei, von der man im Dorf noch kaum eine Ahnung hat. Jetzt sollen ihn die kennenlernen, die ihn als den Häusler, als den armen Schlucker, den Krüppel, von oben herab behandeln. Mit dem Aufstieg der Nationalsozialisten steigt auch er im Dorf auf. Vom Kreisleiter zum Ortsgruppenleiter ernannt, was zur Absetzung des bisherigen Bürger-

meisters führt, bestimmt er nach und nach, wie weit Altenburg auf die Linie der Nazis einschwenken muss. Nun kann man es sich nicht mehr leisten, ihn vom Stammtisch zu verbannen, man hat ihn zu achten, wenn nicht sogar zu fürchten. Jetzt ist er wer, und er demonstriert es, indem er als Erster eine Hakenkreuzfahne aus dem Fenster hängt und nur noch in Uniform, der aus seiner Soldatenzeit, herumläuft. Die Altenburger, die wahrlich nichts mit den neuen Herrschenden zu tun haben wollen, lassen ihren Emporkömmling gewähren, gehen ihm, wo sie können, aus dem Weg, legen sich mit ihm nicht an, belächeln ihn gelegentlich. Mit den Rassegesetzen hat man hier nichts zu tun, es gibt keine Juden, und man kennt auch keine. Doch Kornbichler entdeckt in alten Saalbüchern, dass der angesehene Schuhmacher Graf, der in dritter Generation die Schuhe der Altenburger besohlt und im Krieg mit dem Eisernen Kreuz dekoriert worden ist, einen jüdischen Urahnen hat. Ja und? denken die Leute, dieser Graf ist doch ein unbescholtener, braver Mann, ein guter Schuhmacher, der tapfer dem Vaterland gedient hat und sonntags in die Kirche geht. Doch Kornbichler bringt Graf, seine Frau und die drei Kinder zur Strecke. Erst lässt er ein Schild am Schaufenster des Schuhmachers anbringen: ›Kauft nicht beim Juden‹. Dann wacht er persönlich darüber, wer noch mit Graf verkehrt. Vergeblich erklärt der Schuhmacher, dass es ihm völlig unbekannt ist, dass es einen nichtarischen Vorfahren gegeben habe, dass ihm das leidtue und er mit dem Jüdischen nichts zu tun habe, auch keinen einzigen Juden kenne. Doch das hilft ihm nichts. Unter dann doch aus Ängstlichkeit schweigender Anteilnahme der Altenburger, die alle seine Kunden gewesen sind, sich aber nicht mehr trauen, mit ihm etwas zu tun zu haben, werden er und seine Familie abgeholt, brutal auf einen Lastwagen geprügelt. Man hört nie mehr von ihnen. Fortan prangt ein neues Schild am Fenster, das Kornbichler, sich lyrisch betätigend, persönlich entwirft: ›Hier hat sich einer eingenistet, den haben wir jetzt ausgemistet, die Altenburger Bürger‹. Mehrfach wird von Unbekannten das Schild entfernt. Nicht alle Altenburger wollen von Kornbichler vertreten werden. Doch öffentlich wagen sie es nicht mehr, das kundzutun. Kornbichler sorgt stets für ein neues Schild.

Mit den Filmleuten kommen nun im Herbst 1944 völlig neue Aufgaben auf Kornbichler zu. Sie brauchen ihn, er braucht sie. Er erfüllt ihnen alle Wünsche, kann durch seine Machtstellung alles ermöglichen, gefällt sich als kleines Rädchen im Getriebe dieses großen vaterländischen Unternehmens. Für Reiter ist Kornbichler von Nutzen. Ob man hundert Statisten braucht, in der Dorfkirche drehen will, ob das ganze Dorf mit Hakenkreuzen geschmückt werden muss, Kornbichler macht es möglich. Er ist von animalischer Unterwürfigkeit und dankbar für alles, was da in seinem ›neuen Leben‹ passiert.

Er liebt diesen Künstlerstallgeruch, ist ständig präsent, macht sich überall unentbehrlich. Wenn er abends mit Reiter, Wagner, von Kolkwitz und anderen in der Gaststätte sitzt und an den Lippen der Schwadroneure hängt, ist er vollends glücklich, geht ihm das Herz auf, und er fühlt sich entschädigt für die armseligen frühen Jahre seines Lebens. Jetzt gehört er dazu, und im von ihm enthusiastisch vorweggenommenen Taumel des großen Sieges sieht er sich als den ersten und erhabensten Bürger seines Dorfes. Um diesen Anspruch zu verfestigen, »erwirbt« er kurz nach dessen »Auswanderung«, wie er es nennt, das Haus des Schuhmachers Graf und lässt, was ihm eine große Ehre ist, von Kolkwitz während der Dreharbeiten darin wohnen.

Die Altenburger staunen.

32

»Möchtest du, Franz Seidel, die hier anwesende Anna Krämer zur Frau nehmen, ihr treu sein bis in den Tod?«

Franz (Henner Wohlgemuth) und Anna (Regine Reuter) stehen vor dem Altar, vor ihnen der Pastor. Die kleine Kirche ist prall gefüllt. In der ersten Reihe Verwandtschaft, dahinter Männer, Frauen und Kinder, in einer Reihe Soldaten in Uniform.

»Ja«, sagt Franz und lächelt Anna an.

In diesem Moment geht hinten die Kirchentür auf, gleißendes Tageslicht bricht sich einen Weg Richtung Altar. Alle, auch das Brautpaar, drehen sich um. Da steht Albert (Sebastian Kurz) in der Tür. Er hat nur noch ein Bein, steht da mit Krücken.

»Albert!«, entfährt es Anna. Raunen geht durch die Menge.
»Danke! Ende der Probe. Pause! Das ist sehr gut so. Wir drehen das um fünfzehn Uhr«, sagt Eisleben laut.
Alle Statisten verlassen die Kirche. Eisleben sammelt das Team um sich.
»Im Anschluss drehen wir dann eine Großeinstellung auf Albert im Moment des Hereinkommens. Ach – und – Lene – die Uniformen lassen wir bitte weg. Alle in Zivil bitte.«
»Wird gemacht, Konrad.«
»Was soll das?«, fragt Wagner.
»Es ist eine Hochzeit und keine politische Veranstaltung, Herr Wagner.«
Henner Wohlgemuth, der Darsteller des Franz, begrüßt diese Entscheidung von Eisleben. Auch Anna-Darstellerin Regine Reuter pflichtet ihm bei. Es ist genug vaterländischer Prunk und soldatisches Gehabe rundherum, denken sie.
Eisleben wendet sich an Kornbichler, der die Hacken zusammenschlägt, wenn Eisleben ihn anspricht. Das sieht aufgrund seines lädierten Beines grotesk aus. Schief, aber militärisch zackig steht er vor Eisleben, dem ›Chef‹, wie er ihn nennt.
»Was die Statisterie betrifft, Herr Kornbichler, ich möchte da mehr Männer sehen. Das sind zu viele Frauen.«
»Da brauche ich Zeit, Chef, weil, wissen Sie, die muss ich aus den Nachbarortschaften holen. Wir haben hier nicht so viele Männer. Nur alte. Die jungen sind im Krieg.

Aber selbstverständlich werde ich versuchen, das bis heute Nachmittag hinzubekommen.«
»Das wäre gut, machen Sie das.«
»Jawohl!«
Wieder schlägt er die Hacken zusammen.

33

Immer wieder fragt ihn Johanna, und seine Antworten variieren. Ob er es bereue, nicht schon in den dreißiger Jahren nach Amerika gegangen zu sein wie so viele Kollegen.
Er habe keinen Grund gesehen wegzugehen, sagt Konrad. Er sei ein junger Mann voller Hoffnung und Tatendrang gewesen, ehrgeizig und besessen von der Idee eines großen deutschen Films, der dem amerikanischen Film die Stirn bietet. Und damals – er betont immer häufiger dieses ›damals‹ –, damals habe er an etwas geglaubt, politisch.
»Es wäre für mich Verrat gewesen, wenn ich das für eine Karriere in Amerika aufgegeben hätte. Und du, warum bist du nicht gegangen?«
»Warum arbeiten wir wohl zusammen? Habe ich nicht in zig Filmen – auch in deinen – das Bild der blonden deutschen, der arischen Frau gegeben, das ihr alle wolltet? Was hätte ich in Amerika tun sollen?«
»Du hättest vermutlich die Nazis in amerikanischen Pro-

pagandafilmen spielen müssen. Ein Preis, den mancher drüben bezahlt, der die Heimat verlassen hat.«

»Es ist nicht so, dass ich nicht von einer großen Karriere in Hollywood geträumt hätte. Aber ich hatte immer ein deutsches Gesicht – so deutsch«, sie lacht, »so deutsch, dass sich ein Goebbels in mich nicht verliebte. Und die Siercks und die Wilders haben sich für mich nicht interessiert.«

»Ich weiß, nur die Eislebens«, sagt er bitter. »Und die waren so lange zweite Wahl, wie die Siercks und Wilders das Geschehen bestimmten. Aber ich sage dir etwas, Johanna: Wir beide müssen einmal von nirgendwoher in dieses Land zurückkehren, aus dem Moloch Amerika. Wir sind mittendrin und vielleicht am sichersten Überlebensort, den es zurzeit in diesem Land gibt. Wir sind die Letzten, die in diesem Land Kultur schaffen. Und wir werden nach dem totalen Zusammenbruch die Ersten sein.«

»Du glaubst also auch keine Sekunde an einen ›totalen Sieg‹?«

»Natürlich nicht. Was wir hier drehen, Johanna, das ist nicht mehr das, was sich unser Reichspropagandaminister vorstellt. Dieser vermutlich letzte Film, der in diesem Krieg gedreht wird, kann kein Propagandafilm mehr sein. Unsere Botschaft wird eher Trost sein müssen, auch Mut und Hoffnung – ja, vielleicht sogar gute Laune. Wir werden von Demut sprechen müssen. Dieser Film wird das weiße Tuch sein, das aus dem Fenster die Sieger begrüßt. Es wird die Bitte um Vergebung und Versöhnung sein – wenn das überhaupt möglich sein wird.«

»Weiß unser Herr Reiter das?«
»Er wird es früh genug mitbekommen – und er wird uns dann nicht mehr im Wege stehen.«
»Hoffen wir's.«
»Johanna, ich mache diesen Film nicht mehr für Herrn Goebbels oder den Führer oder Herrn Reiter. Alle diese Leute haben nicht mehr die Möglichkeit, das hier zu beeinflussen oder zu stoppen.«
»Dass du da so sicher bist.«
»Bin ich. Johanna, kein vernünftig denkender Mensch kann wirklich glauben, dass es in diesem Krieg noch irgendetwas zu gewinnen gibt.«
»Von Kolkwitz ist also kein vernünftiger Mensch?«
»So ist es. Nicht jeder, der seine Zweifel hat, kann das zugeben. Manche trauen sich nicht, andere, wie Reiter, sind noch einer Rolle verpflichtet.«
»Du nicht?«
»Nein!«

34

Am 4. Dezember 1944 wird Heilbronn bombardiert. 65 Prozent der Stadt werden zerstört, 6500 Menschen sterben. Mit der Ardennenoffensive vom 16. Dezember 1944 misslingt der letzte Versuch der Wehrmacht, die Alliierten zurückzudrängen. In der Scheune schreibt Eisleben an einer neuen Fassung der Heimkehrerszene zwischen Hilde und Hans.

35

Draußen ist es bitterkalt, jetzt, Mitte Dezember. Frost über der Heide, erstarrte Bäume und Büsche in tiefem Schlaf, Eisblumen am Fenster des Produktionsbüros. Im Bölleroffen brennt Feuer. Reiter sitzt auf einem Stuhl nah am Ofen und spricht in sein Feldtelefon. Wagner lässt sich von Ursel Kling die Haare schneiden, streng, militärisch kurz. Seibert tippt auf einer Schreibmaschine eine Szene nach den handschriftlichen Aufzeichnungen von Eisleben.

»Nein, wir brauchen Andergast auf keinen Fall. Das wenige, das wir noch drehen, schafft Klick spielend. – – – Nein, nein, wir sind froh, dass wir das Team so klein haben und nur noch die paar Darsteller durchfüttern müssen. – – – Lieber Karl, hier ist nicht Babelsberg. – – – Ja, kann man sagen. – – – Hier ist – wie soll ich sagen – eine Scheune, eine Hütte, nein, ein Stall ist es, jawohl, ein Stall. Ich träume manchmal, dass ich auf einem Floß auf dem Weltmeer bin, mit einem Häuflein Schiffbrüchiger und einem Lotsen, der vorgibt, er kenne die Richtung, aber keiner weiß, wohin er uns in Wirklichkeit führt. – – – Jaja, Karl, wir halten die Stellung, ist doch klar, Kamerad. – – – Nein, es tut mir leid für Andergast. Aber unter uns, Karl,

kann es nicht sein, dass er auch ein guter Soldat ist? – – – Eben, eben. – – – Ja, in diesem Sinne, bis morgen, Heil Hitler!«
Reiter legt auf, lächelt, sieht jetzt erst, dass Eisleben hereingekommen ist und das von Seibert Geschriebene überfliegt.
»Was ist mit Andergast?«, fragt Eisleben.
»Hartmann hat in Berlin die Dreharbeiten eingestellt. Bombenangriff. Die ganze Dekoration ist in Flammen aufgegangen.«
Seibert glaubt, bei Eisleben ein verstecktes Lächeln zu bemerken. Er würde sich diesem gerne anschließen, traut sich aber nicht.
»Andergast hat einen Gestellungsbefehl bekommen. Fröhlich fragt, ob wir ihn brauchen können.«
Eisleben schaut sich absichernd um.
»Andergast ist der beste Kameramann, den wir haben. Man darf gerade in unserer Situation auf sein Können nicht verzichten.«
»Aber was sollen wir mit Klick machen?«
»Mir kommt da eine Idee. Wir brauchen Andergast nicht hier, sondern in Berlin. Machen Sie mir eine Leitung. Ich muss ihn sprechen.«
»Darf ich erfahren, um welche Idee es sich handelt?«
»Sie werden es erfahren. Aber erst einmal sollten wir keine Zeit verlieren.«
Missmutig und fürs Erste vergeblich versucht Reiter, eine neue Verbindung über das Feldtelefon herzustellen. Ursel Kling hat den Haarschnitt bei Wagner beendet, sie geht

hinaus. Eisleben liest, was Seibert geschrieben hat. Wagner macht sich wichtig:
»Wird wieder einmal umgedacht und umgeschrieben, Herr Professor?«
Eisleben ist über den Tonfall erstaunt, aber er reagiert nicht auf die Frage. Seibert ist wütend, kann sich nicht mehr beherrschen.
»Ich glaube, Herr Wagner, der Ton, den Sie hier anschlagen, steht Ihnen nicht zu.«
Wagner schaut ihn spöttisch an und geht hinaus. Eisleben liest, und Reiter gibt zunächst einmal auf.
»Keine Leitung, kein Anschluss, Herr Eisleben.«
»Ja. Aber versuchen Sie es bitte weiter.«

36

Kurt Reiter, geboren 1888, wächst in Landshut, Niederbayern, auf. 1911 absolviert er ein Flugzeugführerpatent. Voller Begeisterung zieht er in den Ersten Weltkrieg und macht Karriere als Kommandeur im Generalstab. Nach dem Krieg studiert er in München Architektur. Er sucht und findet Anschluss an rechte Kreise und bildet heimlich, da es verboten ist, nationalistischen Fliegernachwuchs aus. Im Oktober 1923 erlebt er Adolf Hitler im Zirkus Krone. Er wird begeisterter Anhänger und tritt zusammen mit seiner Frau Hedda in die NSDAP ein. Zunächst arbeitet er

als Grafiker. 1925 hat er ersten Kontakt mit dem Film. Für die ›Südfilm‹ arbeitet er als Werbegrafiker, wird aber schnell zum Produktionsleiter ernannt. Als Produzent und ab 1935 als Regisseur betreut er zahlreiche Filme, die die Ideologie des Naziregimes transportieren. 1937 wird Reiter auf Wunsch von Joseph Goebbels zusammen mit Konrad Eisleben und anderen in den Aufsichtsrat der Ufa aufgenommen. Eine persönliche Begegnung mit Hitler, für den Hedda glühend schwärmt, lässt Reiter die letzten Bedenken, die es in der teils jüdisch geprägten Filmbranche gibt, über den Haufen werfen. Er dreht ab 1938 zahlreiche kriegsverherrlichende Propagandafilme, die er selbst »filmische Panzerwagen« nennt. Der Lohn folgt auf dem Fuße: Am 19. April 1939 wird Reiter am Vorabend von des Führers fünfzigstem Geburtstag zusammen mit Eisleben zum Professor ernannt.
1944 ist Reiter 56 Jahre alt. Er will nicht mehr unbedingt in den Krieg, hinter dem er aber ideologisch steht. Seine Begeisterung für das Regime ist ungebrochen. Als Herstellungsleiter bei zahlreichen Filmen ist er der Kommandant, was durchaus seiner militärischen Ausbildung entspricht. Während er in seinen Anfängen als Regisseur ansprechende, wenn auch leichtgewichtige Filme dreht, gerät er mit seinen martialischen Arbeiten, die Krieg und Soldatenleben getreu der Maxime der Partei verherrlichen, bei Goebbels in Ungnade. Zu eindeutig, zu eindimensional, zu wenig psychologisch durchdrungen, urteilt der Propagandaminister. Er schätzt subtilere Filme, will zwar die Botschaft des Regimes bewahrt wissen, will aber auch,

dass das Volk in den harten Zeiten des Krieges unterhalten und nicht infiltriert wird. Er fürchtet nichts mehr als eine Kriegsmüdigkeit des Volkes, eine Abkehr vom Credo: Wir wollen den totalen Krieg.

Ophüls, mit dem Reiter in frühen Jahren zusammengearbeitet hatte, sagte einmal über ihn: »Erst war er ein passabler, durchaus interessanter Regisseur, dann war er nur noch ein Nationalsozialist.«

Als Produktions- und Herstellungsleiter wird er von Goebbels und den Regisseuren allerdings sehr geschätzt, denn kaum jemand von den im Lande gebliebenen Filmschaffenden verfügt über so viel Erfahrung. Darum sichert sich Eisleben in weiser Voraussicht für seinen vielleicht letzten Film bei der Ufa Reiters Arbeit, was über den Weg einer Zwangsverpflichtung, wie sie für das ganze Team und auch die Schauspieler zutrifft, nicht schwierig ist.

Dass Reiter trotz seiner militärfliegerischen Ausbildung nicht mehr gerne in den Krieg ziehen will, ist Eisleben klar. Auch wenn Reiter Eisleben im Vergleich zu anderen Regisseuren nicht unbedingt schätzt, so folgt er doch ganz gerne dem Ruf, der wohl dazu angetan sein wird, das Überleben zu sichern. Und Reiter braucht Geld, viel Geld. Hedda, aus einfachen Münchner Verhältnissen stammend, hat mit der steilen Karriere ihres Mannes ihre Ansprüche in grotesk anmutende Höhen geschraubt. 1937 kauft Reiter von einem Juden für wenig Geld einen riesigen Guts- und Reiterhof mit Herrenhaus im bayerischen Chiemgau. Dort residiert Hedda, züchtet Pferde und lädt die gesamte Münchner Gesellschaft zu rauschenden Festen ein, vor allem die Parteiprominenz, der sie so gerne nahesteht. Alle kommen, und Hedda ist eine gute, umsichtige Gastgeberin. Christian Weber, Hitlers Duzfreund, SS-Brigadeführer, Mitglied des Reichstags und hoher Parteifunktionär, ist regelmäßiger Gast. Er, korrupt bis in die Haarspitzen, ehemaliger Pferdeknecht, feiersüchtiger Prolet (isst vor dem Schweinebraten vier Paar Weißwürste mit Erdbeermarmelade statt Senf), Prolet mit Macht und Einfluss, garantiert Hedda ihren gesellschaftlichen Stellenwert in Bayern. Alle wichtigen Glieder der Gesellschaft kommen zu den rauschenden Festen. Nur der Führer, den Hedda Reiter so glühend verehrt, erscheint nicht, nicht einmal zur feierlich begangenen Einweihung einer lebensgroßen Hitler-Statue im Eingang des Gutshauses. Hedda gesteht dem Führer in ihrer grenzenlosen Begeisterung zu, dass die Unbill des Krieges alle Kraft von ihm fordert. Sie selbst will mit dem Krieg nichts zu tun haben, was ihr mit Hilfe von betuchten Freunden und ausgiebigen Kuraufenthalten in der Schweiz gelingt.

Reiter fängt also im Herbst 1944 an, den Film vorzubereiten. Dass dieser Film, den man nicht in der zerbombten Stadt und den Babelsberger Studios, sondern in der Heide in der Nähe eines Ortes namens Altenburg drehen würde, der Film zum großen Sieg sein wird, gefällt Reiter, der immer noch an den Sieg über die Engländer, wie ihn die Propaganda prophezeit, glaubt. Da will er doch das Seine, seine Kunst und seine Erfahrung dazutun. Dem Zauderer und Zögerer Eisleben, der nur im Schneckentempo zu inszenieren pflegt, wird er schon Beine machen. Das Film-

material wird begrenzt sein, da wird es keinen Platz für endlose Fassungen geben. Und wenn alle die, die nun in die Heide ziehen werden, glauben, dort würde man das Ende des Krieges in aller Ruhe abwarten, sozusagen als Urlaub von der Front, dann täuschen sie sich. Wer abgedreht hat, geht an die Front, basta!
Mit Wagner hat sich Reiter einen Assistenten geholt, der ihm aus der Hand frisst, der so sehr an das Regime glaubt, dass er jederzeit bereit ist, für Zucht, Ordnung und Linientreue zu sorgen. Hinter diesem Kampfhund kann sich Reiter vorwiegend zurückziehen.

37

Nach der Lektüre von *Mein Kampf* und der persönlichen Begegnung mit Hitler im Herbst 1925 begeistert sich Joseph Goebbels: »*Wer ist dieser Mann? Halb Plebejer, halb Gott! Tatsächlich der Christus, oder nur der Johannes? … Da steht er vor mir. Drückt mir die Hand. Wie ein alter Freund. Und diese großen, blauen Augen. Wie Sterne. Er freut sich, mich zu sehen. Ich bin ganz beglückt. Wie liebe ich ihn … Alles hat dieser Mann, Witz, Ironie, Humor, Sarkasmus, Ernst, Glut, Leidenschaft. Alles hat er, um König zu sein. Der geborene Volkstribun. Der kommende Diktator.*«

38

In der Gaststätte von Krahwinkel sitzt Albert (Sebastian Kurz) und trinkt ein Bier. Die Wirtin (Original) deckt den Tisch für ein Hochzeitsessen. Das Übliche an Besteck und Geschirr und kleine Ständer mit Hakenkreuzen. Albert schaut ihr zu und spielt den Ortsfremden.

»Wer heiratet denn?«

»Franz Seidel und Anna Krämer. Die erste Hochzeit nach dem großen Sieg!«

Er antwortet nicht, starrt in sein Bier.

»Na ja«, sagt die Wirtin, »das ist so eine Geschichte: Anna war mit Albert verlobt – das ist der Zwillingsbruder vom Franz. Aber Albert ist nicht mehr heimgekommen, Russland, ob er noch lebt, nichts weiß man, also heiratet Anna jetzt den Franz.«

Als sie so vor sich hin redet, schaut sie ihn zum ersten Mal genauer an und erstarrt.

»Albert! Du – du bist doch – also – bist du's!?«

Albert nickt.

»Albert! Ja, mein Gott, wo hast du denn dein Bein gelassen?«

»In Russland.«

»Und Schnitt! Danke!«, ruft Eisleben.

39

Vor der Filmscheune beladen Siggi Weiss und Paul Köppel den Transporter mit Kisten. Hänschen hilft ihnen. Ob er nicht mitfahren könne nach Berlin, wo er doch doch nie gewesen sei.

»Bitte, nimm mich mit.«

»Das geht nicht, das ist verboten«, sagt Köppel und streicht dem Jungen über die Haare.

»Und es ist gefährlich«, sagt Weiss.

»Ich will einmal Berlin sehen.«

Paul lacht bitter.

»Da gibt es nicht mehr viel zu sehen.«

»Warum?«

»Alles kaputt.«

»Schlag dir das aus dem Kopf«, sagt Weiss, »es geht nicht. Und was würde deine Mutter dazu sagen?«

»Die lässt mich.«

»Das glaube ich dir nicht.«

»Bringst du mir was mit?«

»Was denn?«

»Bilder von berühmten Schauspielern.«

»Mal sehen, ob es solche noch gibt.«

Köppel fährt ab. Hänschen und Weiss winken ihm, bis er hinter den Flugzeugwracks verschwindet.

»Hänschen, du kannst mir helfen. Wir müssen Holz holen. Der Winter dauert noch lange. Wir brauchen Holz.«

40

Sebastian Kurz wird 1912 in Köln geboren. Der Vater ist Bühnenarbeiter am Theater. Das Leben und Arbeiten am Theater fasziniert den Jungen sehr. Mit zehn Jahren spielt er erste kleine Rollen. Sein Entschluss steht fest, er will Schauspieler werden. Er geht an die Schauspielschule, an der auch Regine Reuter ausgebildet wird. Nach der Ausbildung, 1932, geht er nach Berlin. Er will zum Film. Über einen Kollegen gerät er in den Kreis um Kurt Reiter und spielt bei ihm in den nächsten fünf Jahren kleine Rollen, Soldaten, immer wieder Soldaten. Tapfere Soldaten, verwundete Soldaten, heldische Soldaten, gelegentlich auch tote Soldaten. Soldaten, bis sie ihm zum Halse raushängen. 1939 geht er zurück nach Köln, möchte wieder ans Theater, wird aber zum Kriegsdienst eingezogen und im September nach Polen geschickt. Nun ist er ein echter Soldat. Eine Rolle, die er zu gut kennt. 1941 wird er im ›Unternehmen Barbarossa‹ im Marsch auf Russland eingesetzt. Bereits in der Ukraine wird er so schwer verletzt, dass ihm das rechte Bein amputiert werden muss. Er kommt nach Berlin ins Lazarett. Genesen, aber nicht mehr kriegstauglich, nimmt er wieder Kontakt zu Reiter auf, der ihm diverse Rollen verschafft. Nun spielt er vorwiegend den amputierten Soldaten, den Helden, der sich an der Heimatfront nützlich macht.

Als Reiter Sebastian Kurz für die Rolle des Kriegsheimkehrers Albert vorschlägt, ist Eisleben begeistert.

»Albert bei der Hochzeit im offenen Kirchenportal im

Gegenlicht, einbeinig steht er da mit Krücken, wie der ›Deus ex Machina‹, wunderbar!«

41

In der Gaststätte von Krahwinkel sitzen am späten Abend als letzte Gäste der Ortsgruppenführer Griebel in Uniform und Hans Weimar beim Bier. Griebel schiebt Hans ein Papier hin, der unterschreibt, Griebel nimmt das Papier an sich.

»So, Hans, jetzt gehörst auch du zu uns. Willkommen in unsrer Mitte. Die Partei dankt dir für dein Vertrauen. Wir brauchen in diesen glorreichen Zeiten Menschen wie dich, Hans, die sich der Größe und Bedeutung dieses grandiosen Sieges über das Weltjudentum bewusst sind.«

»Jaja, Uwe, lass es gut sein. Ich bin ja stolz darauf, für euch und mit euch diesem Deutschland zu dienen. Auf mich könnt ihr immer rechnen. Ich bin einer von euch.«

»Darauf ein Prost, Hans, Prost!«

»Prost, Uwe!«

Sie trinken und schweigen. Griebel bückt sich jetzt näher zu Hans, macht auf vertraulich.

»Also Hans, wo wir jetzt so unter vier Augen miteinander reden, da möchte ich doch mit dir was Privates besprechen.«

»Ja?«
»Es fällt mir nicht leicht, aber ich sehe es doch als meine Pflicht an, dich aufzuklären über – äh –«
»Schieß los, um was geht es?«
»Das Kind, das Hilde bekommt, ist nicht von einem Engländer – also nicht von einer Vergewaltigung.«
»Was!?«
»Sie hat natürlich Angst, dir die Wahrheit zu sagen. Und als Freund und Parteikollege, als Kamerad muss ich dich aufklären – einer muss das ja tun.«
»Ich verstehe nichts, Uwe, was – wer – ich –?«
»Also die Wahrheit ist: dein Freund Wilhelm –«
»Was?!!«
»Bleib ruhig, Hans. Der Wilhelm war ja kriegsversehrt – also war er hier. Und da hat er sich rührend – wirklich, das muss man sagen – um Hilde gekümmert. Und da sind sie sich dann eben zu nahegekommen.«
»Das Schwein!«, entfährt es Hans. »Wo ist er?«
»An der Front. Aber, Hans, überlege, dazu gehörten zwei, er und sie.«
»O Gott, der Wilhelm!«
»Er war verletzt. Wir haben ihn gesundgeschrieben. Ich hab ihn abholen lassen, ab an die Front. Ob er wiederkommt, wer weiß das. Besser, er kommt nicht.«
»Wie konnte er mir das antun. Und sie, verdammt, sie –«
»Hans, mach der Hilde keine Vorwürfe. Sie war alleine, schwach, es ging ihr nicht gut. Da brauchte sie einen Mann an ihrer Seite. Du weißt, der harte Winter – da

kriecht man schon mal zueinander, wenn du verstehst, was ich meine.«
Er lächelt.
»Eine Frage, Hans: Gibt's nicht vielleicht irgendwo ein verdammtes Polenmädchen, das jetzt ein Kind von dir kriegt?«
Hans antwortet nicht.
Griebel lacht, steht auf, klopft Hans auf die Schulter, nimmt seine Sachen, die Beitrittserklärung und anderes.
»So, ich muss los. Viel Arbeit für das große Siegesfest. Der Wilhelm war ja kein schlechter Mensch. Klug war er. Da kann es mit dem Kind nicht so schlecht sein. Es ist ein Kind des Sieges, des Friedens und der Freiheit. Und wenn der Wilhelm nicht mehr wiederkommt, erfährt das kein Mensch. Gute Nacht, Hans. Heil Hitler!«
Er geht. Hans starrt vor sich hin.
»Hätte mich die Kugel doch erwischt, verdammt.«
Die Wirtin kommt zu ihm.
»Noch ein Bier, Hans?«
»Jaja, verdammt, verdammt! Die Hilde!«
»Nimm's nicht so schwer, Hans. Wir Frauen waren um jeden Mann froh, der da war. Und in den kalten Nächten, na ja, da hat man gerne eine lebende Wärmflasche bei sich gehabt.«
»Aber mit dem Wilhelm?!«
»Einen Besseren hätte sie nicht haben können.«
Sie lacht und zapft ein Bier, während Hans vor sich hin starrt.
»Danke! Sehr gut. So können wir das drehen. Bitte alles

auf Anfang.« Eisleben geht nach draußen. Da liegt Schnee. Kinder bauen einen Schneemann und bewerfen Eisleben mit Schneebällen. Er flüchtet in die Gaststätte.

42

»Die Realität holt uns ein, Johanna, wir können nicht mehr über die Ruinen und Trümmerfelder hinwegsehen. Wir sollten hier eine filmische Siegessäule schaffen. Als ich nach den schweren Bombenangriffen im letzten Sommer mit Andergast durch Berlin ging, kamen wir in einen Hinterhof, da lagen unzählige Leichen. Eine Frau zeigte auf eine kindergroße Leiche, aber es war keine Kinderleiche, sondern es war die zur Brandmumie zusammengeschrumpfte Leiche einer erwachsenen Frau. Und eine Frau sagte, ach, das ist ja die hübsche Erna vom Bäcker! Da wurde mir zum ersten Mal schlecht, nicht weil der Anblick so furchtbar war, sondern vor Erschütterung über diese direkte Sprache. Es waren Männer mit Gasmasken dabei, die Leichen zu bergen. Andergast machte ganz viele Bilder und wir sagten: Das muss eigentlich in den Film, das müssen wir zeigen, diese Männer mit den Gasmasken, die Leichen.«

»Wie konnte er in der Situation Bilder machen, Konrad?«

»Er sieht die Realität mit den Augen seiner Kamera – das macht den Unterschied – zum Beispiel zu unserem Henning Klick. Weißt du, die Zeit, diese Zeit, bringt es mit sich, dass dieser Film, den ich eigentlich nicht machen wollte, immer mehr mein Film wird. Die Notsituation lässt die Kunst wieder zu.«

Johanna sitzt auf dem Bett und feilt ihre Fingernägel. Eisleben sprüht vor Begeisterung, was ihr beinahe unheimlich ist.

»Als wir zum Schloss kamen, das fast völlig zerstört war, hat er unvergesslich schöne, eindrucksvolle Aufnahmen gemacht. Da war eine große Treppe, von Schlüter gebaut, die hatte Nischen, und in einer Nische stand ein steinerner, überlebensgroßer Soldat. Der hatte ein energisches Gesicht mit einem Bart und ein großes Gewehr, alles aus Stein. Und der war stehen geblieben. Um ihn herum lag alles voller Schutt aus riesigen Steinen, wie Tische so groß – was für ein faszinierendes Bild!«

Johanna weiß, dass dieser Mann, dessen Begeisterung für das Grauenhafte ihr beinahe Angst macht, längst einen anderen Film im Kopf hat als den, den Goebbels erwartet. Und als hätte er ihre Gedanken erraten, sagt er: »Dieser Film, Johanna, wird nicht der Film des glorreichen Sieges, es wird der Film des Friedens.«

Das sagt er nur ihr gegenüber, fast verschwörerisch.

43

Reiter sitzt im Produktionsbüro vor dem Feldtelefon. Er hat Fröhlich gebeten, einen Kontakt zu Andergast herzustellen, und wartet jetzt zusammen mit Eisleben auf dessen Anruf. Währenddessen redet Eisleben auf Reiter ein.

»Andergast kann uns Rückpromaterial drehen, das die Realität zeigt, in der die Menschen in diesem Land leben. Lieber Herr Reiter, wir dürfen nicht mehr in die Nostalgie des Unwiederbringlichen verfallen. Wir müssen die Menschen erschüttern. Und aus der Erschütterung entsteht die neue Hoffnung, der Wille zum Überleben. Aus den Trümmern entsteht der neue Mensch. Ich weiß, Herr Reiter, dass Sie nicht vom Kaliber unseres Herrn Wagner sind. Aber auch Sie müssen an den Endsieg glauben, das heißt, Sie müssen das propagieren. Aber Sie wissen so gut wie ich, es ist eine andere Zeit als die, die noch in den Köpfen der Verantwortlichen steckt. Habe ich recht?«

Reiter lächelt, antwortet nicht, was viel bedeutet.

»Der Endsieg, Herr Reiter, wird Opfer gekostet haben. Die kann und darf man nicht verschweigen.«

Das Telefon klingelt, Reiter geht dran.

»Reiter! Heil Hitler, Herr Andergast. Ja, Moment, ich übergebe.«

Eisleben übernimmt. Reiter geht höflich hinaus. Eisleben weiß, dass er draußen natürlich das Gespräch verfolgen kann. Niemand kann hier in der Scheune etwas sagen, ohne dass es alle hören. Die Wände bestehen aus Brettern. Wenn sich Johanna und Eisleben lieben, liegt Lene Hack-

barth in ihrem Bett oben unter dem Giebel, in der kleinen Kammer, und seufzt und lächelt. Und Henning Klick, der genau unter ihnen wohnt, kann nicht schlafen.
»Hallo, Herr Andergast, schön, dass wir Sie noch erwischt haben. – – – Ja, wir werden Sie anfordern. Drehen Sie uns neues Rückpromaterial. Gehen Sie an die Grenzen des Erträglichen. Tauchen Sie in das Grauen ein, wir brauchen die zerbombten Hinterhöfe, die zerstörten Straßen, die Toten, die von Hunden zerfressenen Leichen, die ausgeweideten Pferde, die jammernden Kinder. Filmen Sie den Hunger und die Kälte. Das Leid, Andergast, das menschliche Leid brauchen wir, aber auch den unbeugsamen Willen der Menschen, aus dem Leid neues Leben erstehen zu lassen, die Tapferkeit. Filmen Sie mir den Kudamm beziehungsweise das, was davon noch übrig ist. – – – Ja, wir werden Köppel schicken. – – – Gut, ich freue mich. Ich warte mit Spannung. Und passen Sie auf sich auf, wir brauchen Sie. Danke. Wiedersehen.«
Eisleben lächelt zufrieden. Sähe ihn Johanna in diesem Moment, es würde sie grausen. Ohnehin erschreckt sie seine Art, über das Schrecklichste zu reden, immer mehr. Grauen und Zerstörung, Leid und Verzweiflung scheinen ihm nur noch künstlerisches Material zu sein.
Reiter kommt wieder rein.
»Darf ich fragen, Herr Eisleben, wo uns der Weg hinführt?«
»Wir befinden uns an einem Wendepunkt, Herr Reiter.«
»Und das heißt?«

»Das heißt: Die Welt, die wir abbilden wollen, hat sich verändert, und wir verändern uns mit ihr.«

44

Am 3. Mai 1926, Joseph Goebbels gehört zum engsten Kreis um Hitler, schreibt er an ihn: *»Dann mag ein Tag kommen, wo alles zerbricht. Wir zerbrechen dann nicht. Dann mag eine Stunde kommen, wo der Mob um Sie geifert und grölt und brüllt ›Kreuziget ihn!‹; wir stehen dann eisern und rufen ›Hosiannah!‹. Dann steht um Sie die Phalanx der Letzten, die selbst mit dem Tode nicht verzweifeln. Der Stab der Charaktere, die Eisernen, die nicht mehr leben wollen, wenn Deutschland stirbt.«*

45

Wilhelm und Hilde sitzen in der Küche Weimar. Hilde weint, ist verzweifelt. Wilhelm hält ihre Hand. Wilhelm in Uniform.

»Wo schicken sie dich denn hin?«

»Ich weiß es nicht. Erst nach Berlin und dann – na ja – dann geht's wohl gegen den Russen.«

»Aber warum – ich versteh das nicht – deine Verletzung –«

»Griebel, das Schwein. Irgendjemand hat ihm erzählt, dass du schwanger von mir bist.«

»Das geht ihn doch nichts an.«

»Das sagen wir. Er denkt, er muss für geordnete Verhältnisse sorgen. Wenn Hans heimkommt, sagt er, muss ich weg sein.«

»Ich verzweifle am Krieg, der uns die Männer wegnimmt.«

Johanna unterbricht die Probe.

»Konrad, ich halte das für unrealistisch, dass eine Hilde Weimar das so sagt.«

»Warum?«

»Sie würde nicht von ›Männern‹ sprechen.«

»Sondern?«

»Auch dieses ›Ich verzweifle am Krieg‹ gefällt mir nicht. Das ist so reflektiert. Das sagt eine Johanna Leise, aber nicht eine Hilde Weimar.«

»Johanna hat recht«, sagt Joseph Kunert.

»Dann macht mir bitte einen Vorschlag.«

»Es könnte doch sein«, sagt Kunert, »dass zum Beispiel der Erste Weltkrieg ihr den Vater weggenommen hat, der jetzige den Mann und nun auch noch den Vater des Kindes, das sie erwartet.«

»Gut, ich denke darüber nach. Wir proben das morgen. Es wird dann einen neuen Text geben.«

Er geht hinaus. Etwas ratlos sitzen Johanna und Joseph da. Auch Klick und alle anderen gehen hinaus.

»Feierabend!«, ruft Seibert.
»So ist er«, sagt Johanna. »Er würde es niemals akzeptieren, dass ich einen Textvorschlag mache. Er flieht buchstäblich davor.«
»So ist er, ja, so kennen wir ihn, und wir werden ihn nicht mehr ändern«, sagt Joseph.
»Die Sturheit in Person.«

46

Wagner kommt eilfertig ins Motiv ›Innenhof Weimar‹. Triumphierend hält er einen Zettel hoch.
»Alle mal herhören! Eine großartige Nachricht! Unser Herr Reichspropagandaminister höchstpersönlich wird uns besuchen und mit seiner Anwesenheit beehren.«
Er schaut in die Runde, sieht ratlose Gesichter. Eisleben kommt zu ihm.
»Kommen Sie mit, Herr Wagner.«
Sie gehen zum Produktionsbüro. Dort sitzt Reiter über Plänen.
»Haben Sie es schon gehört, Herr Eisleben!?«
So begrüßt er die beiden. Eisleben setzt sich, starrt Wagner an.
»Also, was bedeutet das?«
Wagner genießt die Situation. Gerne sieht er den Chef ratlos.

»Fröhlich hat eine neue Szene geschickt, die, wie er sagt, der Herr Reichsminister in dem Film sehen will.«

»Eine Szene? Was für eine Szene?«

»Lesen Sie vor, Wagner«, sagt Reiter.

»›Krahwinkel/Festsaal/Innen/Tag. Wahlweise Marktplatz, wetterabhängig, beides vorbereiten. Der Saal, wahlweise Marktplatz, ist brechend voll von begeisterten, jubelnden Menschen. Siegesfeier. Alle tragen Hakenkreuzfähnchen, fröhliche Gesichter. Alle verfügbaren Formationen, Fahnenträger, Standarten, Vereine, Schulen, Hitlerjugend, BDM, Abteilungen von SS und SA. Auftritt des Ortsgruppenführers, der mit großer Freude – Herr Eisleben möge dazu den Text erstellen – hohen Besuch ankündigt. Knisternde Spannung aufbauen, fragende Gesichter, dann Auftritt des Reichspropagandaministers. Rede desselben über Krahwinkel, eine deutsche Kleinstadt im Herzen des Reichs, die vorbildlich dem Feind widerstanden und so den Sieg möglich gemacht hat. Anschließend Auszeichnung verdienter Bürger, z. B. Hans Weimar und Uwe Griebel. Singen des Horst-Wessel-Lieds. Die Rede wird zeitnah vorgelegt.‹«

Ratlosigkeit. Wagner grinst. Reiter schaut Eisleben fragend an. Der kaut an seinen Fingernägeln, ist verwirrt, steht auf, tritt ans Fenster, dreht sich schließlich entschlossen um.

»Gut, meine Herren, bereiten Sie die Szene vor. Eine Frage: Wer spielt den Reichspropagandaminister?« In der Frage liegt etwas Lauerndes, denn Eisleben ahnt, was Wagner bestätigt:

»Natürlich wird Dr. Goebbels höchstpersönlich Dr. Goebbels spielen. Das geht doch daraus hervor. Was für eine Ehre! Ich werde verrückt! Was für ein Glück!«

Eisleben lässt Wagner mit seiner Begeisterung alleine, geht mit Reiter hinaus.

Eisleben weiß seit langem, dass sich Goebbels für einen begabten Schauspieler hält. 1939 entwarf er die Idee zu einem Film mit dem Titel ›Die siebente Großmacht‹, in der er sich selbst sehen wollte, und zwar in seinem schwarzen Ledermantel, der stets liebevoll in seinem Schrank hängt, um die Rede im Film zu präsentieren, die er gehalten hat, als er 1927 als Gauleiter Berlins den »Angriff« gründete. Der Film kam nicht zustande. Eisleben weiß um die Eitelkeit des Reichsministers, und er fürchtet sich davor, diese Szene zu drehen.

»Aber«, sagt er später zu Johanna, »es könnte doch sein, dass die äußeren Umstände es gar nicht mehr möglich machen, dass Dr. Goebbels in seinem schwarzen Ledermantel hierher in die Heide kommt.«

Eisleben hat einen Funken Hoffnung. Und er denkt einen Gedanken, den er Johanna nicht sagt: Vielleicht hat man bis dahin gar kein Filmmaterial mehr in der Kamera. Oder man hat gerade Material, weil sich Goebbels für diesen Film persönlich engagiert. Man wird abwarten müssen.

»Wann soll das gedreht werden?«, fragt Johanna.

»Ich weiß es nicht. Vermutlich wird man es uns in letzter Minute mitteilen. Also heißt es ab sofort: weitermachen und warten auf Goebbels.«

47

Franz Seibert sitzt bei Ursel Kling in der Maske. Sie kennen sich schon lange. Als Kind hat er im kleinen Berliner Theater, das seine Eltern betrieben, auf ihrem Schoß gesessen. Beide verbindet die Trauer um das Theater, das bei der Bombardierung zerstört worden ist. Franz schaut Ursel zu, wie sie ihre Utensilien ordnet. Er flüstert, denn die Wände hier in der Scheune haben tausend Ohren.

»Kennst du den? Bei Hitlers Geburt standen drei gute Feen an seiner Wiege. Die erste wünschte ihm, dass jeder Deutsche ehrlich sei. Die zweite wünschte ihm, dass jeder Deutsche intelligent sei. Die dritte wünschte ihm, dass jeder Deutsche Nationalsozialist sei. Da kam eine böse Fee und wünschte, dass jeder Deutsche nur zwei dieser Eigenschaften besitze.«

Ursel kichert.

»Darum hat der Führer nur intelligente Nazis, die nicht ehrlich sind. Oder ehrliche Nazis, die dumm sind. Oder ehrliche und intelligente Bürger, die keine Nazis sind.«

Beide lachen. Viktor von Kolkwitz kommt dazu.

»Heil Hitler! Darf man mitlachen?«

Beide sind betroffen. Hat er mitgehört? Franz steht auf.

»Ich muss los – wir – Herr von Kolkwitz, wir haben nur über Molitor lachen müssen.«

Er geht.

»Einen Haarschnitt, bitte, Frau Kling!«

»Gerne, Herr von Kolkwitz.«

»Na, hat man etwas von Ihrem Mann gehört?«

»Nichts.«
»Na ja, Russland, da muss man mit allem rechnen – auch mit dem Heldentod.«

48

Johann Viktor Berger, Gastwirtssohn aus München, geboren 1895, wird 1914 als Neunzehnjähriger in den Krieg geschickt. Er ist zunächst ein begeisterter Soldat. Erst nachdem er der Hölle von Verdun entkommen ist, beginnt er den Krieg zu hassen. Nach einem längeren Aufenthalt im Lazarett, wo er eine Schussverletzung auskuriert, flüchtet er in die Schweiz, um nicht noch einmal eingezogen zu werden. 1919 schließt er sich den Revolutionären der Räterepublik an. Stolz kommt er eines Tages mit ein paar Mitrevolutionären in die Gastwirtschaft der Eltern in München.
»Vater, jetzt machen wir eine Revolution!«
»Dann«, erwidert Gustav Berger ungerührt, »dann machen wir halt die vierzehn Tage zu.« Johann und seine Kameraden eilen davon.
Als die Bewegung von bayerischen Freikorps niedergeschlagen wird, gelingt es ihm abzutauchen. Viele seiner Kameraden landen im Gefängnis. Kurt Eisner und Eugen Levin werden erschossen, Gustav Landauer in Stadelheim totgetrampelt. Es waren ja nur Juden, wird Johann später

einmal sagen. Er taucht erst nach zwei Jahren wieder auf, nimmt nun Schauspielunterricht, bewirbt sich an verschiedenen Bühnen, spielt mal in Berlin, mal in Köln, mal in Regensburg, immer an kleinen Theatern, ohne großen Erfolg. 1923 gerät er in den Kreis um den korrupten Christian Weber, den Duzfreund Hitlers und späteren SS-Obersturmbannführer, Intimus der Hedda Reiter, der sich schamlos an jüdischem Besitz vergreift und die Münchner Gesellschaft mit seiner rohen und ungehobelten Art heimsucht. Johann lässt sich von den Anschauungen der Nationalsozialisten anstecken und tritt 1925 in die Partei ein. Inzwischen hat er Kontakte zum Film und spielt schneidige Offiziere. Er braucht, glaubt er, einen Künstlernamen. Sein Großvater mütterlicherseits stammt aus dem kleinen Dorf Kolkwitz, »der ist von Kolkwitz«, wie man im Bayerischen sagt. Von Kolkwitz, das ist der Name! Den Johann legt er ab und behält nur den Viktor, und ein neuer Mensch ist geboren, der elegante Münchner Schauspieler Viktor von Kolkwitz. Seine Herkunft radiert er sorgfältig aus und legt sich eine adelige Biographie zu. Hedda Reiter, die er über Christian Weber kennenlernt, mit der man ihm eine Liaison nachsagt, ist ihm dabei behilflich, unterstützt ihn nach Kräften und führt ihn in die höhere Gesellschaft ein. Die Bekanntschaft mit dem ahnungslosen Kurt Reiter garantiert ihm in dessen martialischen Filmen die Rollen, die er bevorzugt. Und er wird der Vorzeigeadelige der Münchner Gesellschaft. Die rauschenden Nymphenburger Feste, ›Nacht der Amazonen‹, des proletenhaften Christian Weber adelt von Kolkwitz mit seiner bloßen Erscheinung. Er ist immer erfolgreicher im Filmgeschäft, wird eines Tages zu Hitler auf den Obersalzberg eingeladen, erwirbt die Achtung und Zuneigung von Goebbels und ersetzt auf dessen Betreiben die militaristischen Rollen durch die des eleganten Liebhabers. Dass er seinem Förderer ein strammer, ergebener Nationalsozialist und Parteisoldat ist, versteht sich von selbst. Für öffentliche Auftritte des Propagandaministers gibt er gerne die Dekoration ab.

Die Berufung durch Reiter zu Eislebens Film in der Heide kommt ihm durchaus gelegen, denn bei aller Begeisterung für den Krieg, an die Front will er nicht. Das Soldatenleben wäre nicht mehr seine Welt. Im Dorf wohnt er im Haus des Schuhmachers Graf. Zum Drehort in die Scheune oder anderswohin lässt sich von Kolkwitz von Paul Köppel fahren, während die anderen Darsteller und Stabsmitglieder meist zu Fuß gehen müssen, denn es steht ja nur noch das eine Fahrzeug zur Verfügung. Ein angebliches Beinleiden, die Folge einer Kriegsverletzung, ist der Grund. Er ist eben der Star. Der Star mit den nationalsozialistischen Allüren. Der Star mit der vergleichsweise kleinen Rolle. In der Wirtschaft gehört er neben Reiter und Wagner zu den Wortführern. Gerne schlägt er den Leuten aus dem Dorf, die von den Nazis nichts wissen wollten, Parolen um die Ohren. Für Kornbichler, den emporgekommenen Ortsgruppenleiter, ist das Balsam. Privat ist von Kolkwitz eher unnahbar. Keine Liebesbeziehung ist bekannt, außer dem Gerücht Hedda Reiter betreffend. Dass er Männer bevorzugt, ist ein weiteres Gerücht, gegen

das er sich entschieden wehrt, wo er kann, der »Junggeselle aus Leidenschaft«.
In der Münchner Gaststätte der Eltern taucht er nur noch selten auf. Ab 1935 schleppt er allerdings Naziprominenz ins Lokal, was den Eltern, die mit den »Hitlerischen« nichts zu tun haben wollen, eher unangenehm ist, zumal es mit Christian Weber stets zu heftigen Saufgelagen und gelegentlichen Prügeleien kommt. In Eislebens Film spielt von Kolkwitz den Lehrer Uwe Griebel, den Ortsgruppenführer der NSDAP Krahwinkel. Eine ideale Besetzung, wie Johanna einmal spöttisch zu Eisleben sagt.
»Auf den Punkt.«

49

»Mein lieber Bruder Albert, lass mich dir sagen, dass unsere Freude riesengroß ist, dich heil und unversehrt wiederzusehen.«
Allgemeine Zustimmung der Hochzeitsgesellschaft, die am festlich gedeckten Tisch in der Gaststätte sitzt. In der Mitte Braut und Bräutigam, Anna und Franz. Der ist aufgestanden und spricht zu Albert, der etwas geknickt dasitzt. Irgendwie ist die Stimmung gedämpft.
»Dass du gerade heute wiedergekommen bist, an unserem großen Tag, das mag ein Zufall sein oder eine göttliche Fügung, ich weiß es nicht. Ich kann dir nur sagen, Anna und

ich, wir, wie soll ich sagen, wir haben mit deiner Rückkehr nicht mehr gerechnet – obwohl wir uns freuen, wie ich schon gesagt habe …«

Die Hochzeitsgesellschaft, bestehend aus etwa einem Dutzend Menschen, darunter Griebel und Hedwig, Annas Schwester, wird unruhig. Albert steht auf, stützt sich auf die Krücken.

»Franz, lass es gut sein, es ist schon alles in Ordnung so. Ich wünsche euch beiden alles Glück der Welt. Seid ein gutes Paar in diesen großen Zeiten, seid diesem Vaterland würdig.«

Beifall vor allem von Griebel. Albert wendet sich jetzt Hedwig zu.

»Hedwig, ich rede nicht lange herum, ich frage dich: Möchtest du meine Frau werden?«

Hedwig schlägt die Hände vors Gesicht und flüstert ein »Ja«.

»Danke. Herr Kurz«, sagt Eisleben, »es muss heißen ›seid dieses Vaterlandes würdig‹. Genitiv. Bitte nochmal alles auf Anfang. Und den Franz etwas unsicherer, ja.«

50

Hanspeter Reimer wird 1910 in Dresden als uneheliches Kind einer Verkäuferin geboren. Die überforderte Mutter gibt das Kind zu Pflegeeltern, einem Paar, das selbst drei Kinder hat. Hape, wie ihn jeder nennt, wächst in gutsituierten Verhältnissen auf. Er habe bis zu seinem zehnten Lebensjahr eine glückliche Kindheit gehabt, sagt er später. Hintereinander, im Laufe eines Jahres, sterben die Pflegeeltern, die Hape für seine wahren Eltern hält. Die drei Geschwister werden von einer Tante aufgenommen, Hape landet im Heim, wo er bis zu seinem vierzehnten Lebensjahr bleibt. Das, sagt er, war die schlimmste Zeit seines Lebens. Dann kommt er zu einem Friseur in die Lehre. Der Meister, bei dem Hape wohnt, ist streng und ungerecht. Mit siebzehn flieht Hape, schlägt sich durch nach Berlin. Durch Zufall landet er beim Film, macht eine Ausbildung zum Maskenbildner und hat ein vernünftiges Auskommen. Reiter holt ihn zu allen seinen Filmen. So bleibt Hape vom Militärdienst verschont. 1931 – Hape ist gerade volljährig – besucht ihn ein Stiefbruder in Berlin und klärt ihn darüber auf, dass sie Stiefgeschwister sind und dass die Pflegeeltern zu Lebzeiten zu einer Frau Kontakt hatten, die wohl Hapes leibliche Mutter ist. Hape lässt das keine Ruhe, er fährt nach Dresden, und es gelingt ihm, seine Mutter ausfindig zu machen. Beide sind von der Begegnung überwältigt, fallen sich schließlich in die Arme. Hape sagt – nach Berlin zurückgekehrt – einer Freundin stolz: »Ich habe jetzt eine Mutter!« Da die Mutter in ärmlichen

Verhältnissen lebt, unterstützt er sie, so gut er kann. Regelmäßig besucht er sie, soweit es die Kriegswirren zulassen. Jetzt, da er in der Heide sitzt, hat er keinen Kontakt. Er macht sich Sorgen, kann aber nichts tun. Eine Beziehung hat Hape nie hinbekommen.

51

Spätestens im Sommer 1926 ist Joseph Goebbels der Faszination Hitlers erlegen, den er nun zu seinem Messias auserkoren hat. Nach einem Besuch auf dem Obersalzberg schreibt er am 24. Juli 1926 in sein Tagebuch: »*Ich stehe vor ihm erschüttert. So ist er: wie ein Kind, lieb, gut, barmherzig. Wie eine Katze listig, klug und gewandt, wie ein Löwe brüllend-groß und gigantisch. Ein Kerl, ein Mann. Vom Staate spricht er, vom Sinn der politischen Revolution. Gedanken, wie ich sie wohl schon dachte, aber noch nicht sprach. Nach dem Abendessen sitzen wir noch lange im Garten, und er predigt den neuen Staat und wie wir ihn erkämpfen. Wie Prophetie klingt das. Droben am Himmel formt sich eine weiße Wolke zum Hakenkreuz. Ein flimmerndes Licht steht am Himmel, das kein Stern sein kann. Ein Zeichen des Schicksals? Ich bin so glücklich. Dieses Leben ist schon wert, gelebt zu werden. ›Mein Kopf wird nicht in den Sand rollen, bis meine Mission erfüllt ist.‹ Das war sein letztes Wort. So ist er! Ja, so ist er!*«

52

»Dieser Krieg, Konrad, hat nicht nur die Soldaten an der Front hart gemacht, er hat auch die Frauen gestärkt, die zu Hause um das tägliche Überleben kämpfen müssen. Ich bewundere diese Frauen, die sicher diesen Krieg nicht wollten. Und ich musste Frauen spielen, die den Führer bewundert, sich ihm ergeben haben.«

Eisleben sitzt am Tisch, die Arme aufgestützt, starrt in sein Regiebuch, ist eigentlich genervt, fühlt sich gestört, kann Johanna, die auf dem Bett sitzt, in ihrem Redefluss nicht bremsen. So ist es häufig. Wann und wo soll er arbeiten? Ständig diese fruchtlosen Diskussionen. Er hat eine freundliche, gutaussehende Schauspielerin geheiratet, die in der Szene anerkannt, nie durch Extravaganzen aufgefallen ist, wenn man von ein paar eigentümlichen, der Karriere zuträglichen Affären einmal absieht. Und jetzt sitzt ihm tagtäglich eine diskussionsfreudige, ihr ganzes Vorleben in Zweifel ziehende Person gegenüber, die ein Kind von ihm erwartet, aber eigentlich wohl nichts mehr von ihm, die ihm seine Zweifel, die ihn auch immer häufiger beschleichen, um die Ohren haut. Sie hat ja in allem, was sie sagt, recht. Fast in allem. Sie ist ehrlicher – oder soll er sagen undiplomatischer, ja, das, genau das. Und sie nimmt immer weniger Rücksicht auf seine Taktik. Zu oft legt sie sich mit Reiter und Wagner an oder diskutiert mit dem unverbesserlichen von Kolkwitz. Das kann gefährlich sein.

»Diese Frauen geben ihre Söhne und Männer für eine

Sache her, ohne zu wissen, ob sie noch den Sinn hat, den man ihnen von Kindesbeinen an eingetrichtert hat. Ich bewundere ganz besonders meine Mutter. Sie ist eine von den ganz tapferen Frauen. Dabei ist sie nicht so, wie sich das deine Vorgesetzten vorstellen.«

»Ich habe keine Vorgesetzten, Johanna.«

»Ach!? Das sagt der Mann, der sich auf Befehl von oben scheiden lässt und wieder heiratet! Der sich Schauspieler vor die Nase setzen lässt, die er sonst verachtet hätte! Was ist Goebbels, wenn nicht dein oberster Vorgesetzter?«

»So kannst du das nicht sehen. Ich rede von jetzt, von heute, von hier.«

»Konrad, ich habe das die ganze Zeit von dir ferngehalten, damit du nicht auch in den Gewissenskonflikt gerätst, in dem ich war und noch bin. Du hast dich dafür eingesetzt, dass sie meinen Vater nicht an die Front geschickt haben. Ich weiß nicht, ob du es getan hättest, wenn ich dir damals schon gesagt hätte, dass meine Eltern von Anfang an im Widerstand waren. Eigentlich wollten sie schon 35 nach Amerika gehen. Sie haben es nicht getan, um meiner Karriere nicht zu schaden, einer Karriere, die durch Salons der Parteibosse ging – ja, auch durch ein paar Betten. Ja, Konrad, während ich zehn Jahre lang mit wachsendem Erfolg das brave deutsche Mädel und die tapfere Frau gespielt habe, haben meine Eltern Papiere für Juden und Kommunisten besorgt, haben Leute versteckt und sie bei Nacht und Nebel nach Holland oder in die Schweiz gebracht.«

Sie lacht übertrieben laut, genießt es beinahe, dass ihm das alles peinlich ist, dass er sich gerne in sein Drehbuch verkriechen würde.

»Ha, das wäre eine Geschichte gewesen, was, Konrad? Wenn das publik geworden wäre!«

Wieder, wie so oft, weist er sie darauf hin, dass hier die Wände Ohren haben, dass man sich überlegen muss, was man sagt, laut sagt. Er schlägt ihr vor, einen Spaziergang zu machen, wenn sie denn schon ausgerechnet jetzt über diese Dinge reden wolle. Was denn ›ausgerechnet jetzt‹ heiße, will sie wissen. Sie gehen hinaus, kommen an den Flugzeugwracks vorbei, gehen den Feldweg entlang, der nach Altenburg führt. Es wird schon am Nachmittag dunkel. Die Heide liegt unter dickem Schnee. Johanna hakt sich bei Konrad ein.

»Als du mich geheiratet hast, weil der Herr Reichspropagandaminister unser ›loses Verhältnis‹, wie er es nannte, nicht ertragen konnte, habe ich mich manchmal gefragt, wie du dich verhalten hättest, wenn man Goebbels zugetragen hätte, dass die Frau an der Seite seines Regiefavoriten die Tochter von Verrätern ist. Hättest du zu mir gestanden? Wie Albers zu Hansi Burg? Oder hättest du es wie Rühmann gemacht, der sich auf Geheiß von Goebbels von seiner jüdischen Frau getrennt hat? Ich hatte Angst vor deiner Reaktion, darum habe ich über meine Eltern und ihr Tun geschwiegen.«

Er antwortet nicht. Es ist alles zu viel für ihn. Er will das alles nicht hören, nicht wissen. So ist er immer, wenn er an einem Film arbeitet. Nichts anderes sehen, hören, wissen.

Sie lässt aber nicht locker. Es sprudelt aus ihr heraus, lange Zurückgehaltenes.

»Weißt du, dass ich an dem Abend, als dir Goebbels diesen Professorentitel verlieh, der dir so wichtig war, blutschwitzend und voller Angst zwischen dir und ihm saß, mit keinem Gedanken bei dem, was um mich herum passierte? Du hast es nicht gemerkt. Du warst so euphorisch an dem Abend. Du hast dich in seiner Gunst gebadet, und ich weiß, dass du an dem Abend alle Weichen für dieses Unternehmen hier gestellt hast. Ich aber war mit meinen Gedanken bei meinen Eltern. Die versuchten in der Nacht, Ruth und Itzak Kuckelkorn, die Schauspieler, du kennst sie, mit den beiden Kindern im Auto nach Holland zu bringen. Das Unternehmen ist gescheitert. Sie wurden kontrolliert, Kuckelkorns wurden festgenommen, meine Eltern konnten wie durch ein Wunder im allgemeinen Chaos fliehen. Und ich saß zur selben Zeit am Tisch der Handlanger – nein, der Verantwortlichen. Das war nicht komisch, Konrad.«

Sie bleiben stehen. Hilflos nimmt er sie in die Arme, selten genug tut er das. Sie bleiben lange so stehen.

»Ich meine nicht dich, Konrad, nein, ich weiß, dass du aus Ehrgeiz und künstlerischem Wahn an ihrem Tisch gesessen hast. Ich habe längst begriffen, dass du anders denkst als sie, dass du sie benutzt hast und dass du sie jetzt heimlich betrügst.«

Sie schweigt, entzieht sich, sie gehen weiter, ein Stück noch, dann kehren sie um.

»Was für eine Groteske! Kuckelkorns, wenn sie noch

leben, sitzen im Lager, meine Eltern sind irgendwo in der bayerischen Gebirgsprovinz im Untergrund oder vielleicht schon – ich hoffe es – in der Schweiz, und ich spiele Mutter Weimar, die tapfere Heldin, die gute Deutsche, die in Szene 78 eine jüdische Familie, die sich in einer Scheune versteckt hat, verrät.«

»Liebe, das ist alles viel auf einmal. Zu viel, als dass ich darauf jetzt etwas Gültiges sagen könnte. Eines nur: Wir drehen die Szene 78 natürlich nicht, zumindest nicht so, wie sie im Konzept steht. Lass uns reingehen, es wird kalt.«

53

Später Abend. In der Scheune leuchtet kein Licht mehr. Reiter macht seinen Kontrollgang rund um die Scheune. Ein tägliches Ritual. Noch einmal frische Luft schnappen, nach dem Rechten sehen. Er stapft in Stiefeln durch den Schnee. Es treibt sich allerlei Gesindel herum, man muss auf der Hut sein. Natürlich trägt Reiter eine Waffe bei sich. Offiziell, genehmigt, eine Pistole aus dem Fundus, geladen mit scharfer Munition, was allerdings niemand weiß. Der Himmel ist wolkenverhangen, kein Stern zu sehen. Jemand stapft durch den Schnee, taucht aus dem Dunkel auf, Reiter strahlt ihn mit der Taschenlampe an, es ist Eisleben, der auch noch einmal frische Luft schnappen wollte.

»Abend, Herr Eisleben, schon ganz schön kalt draußen, was?«
»Ja, der Herbst ist endgültig vorbei. Und man weiß nicht, ob es nicht der letzte war.«
»Was für düstere Worte zur späten Nacht! Aber, unter uns, Herr Eisleben, und ohne Zeugen: Sie und ich, wir haben doch jedenfalls ein Talent gemeinsam, das des klugen Überlebens, nicht wahr?«
Eisleben ist überrascht. Dämmert dem strammen Nazi nun auch, um was es hier geht? Noch misstraut er Reiter, seinen Launen, dessen Unbeherrschtheit und dessen tiefen Glauben an den Führer er noch von anderen Anlässen im Bewusstsein hat. Ist das eine Falle?
»Es mag sein, und es wird sich herausstellen, ob es da zwischen uns eine Gemeinsamkeit gibt, Herr Reiter. Jedes Entgegenkommen Ihrerseits kann uns unsere gemeinsame Arbeit hier jedenfalls erleichtern.«
»Unser Weg hat viele Kurven, Herr Eisleben, in diesem Sinne eine gute Nacht.«
»Gute Nacht.«
Sie sind in die Scheune gegangen, Reiter hat das Tor verriegelt. Er wird nach hinten gehen in sein Zimmer, Eisleben die Treppe hinauf. Reiter zögert, will noch etwas sagen, Eisleben bleibt am Treppenabsatz stehen.
»Übrigens, Herr Eisleben, was die Judenfrage angeht, Sie sollen Ihre Juden bekommen. Ich habe Weisung, Ihre Wünsche diesbezüglich zu befriedigen.«
Er grinst, Eisleben sieht es, lässt sich aber, wie meistens, nichts anmerken.

»Hatten Sie besondere Vorstellungen, sozusagen Ihre Wunschjuden?«
Eisleben beherrscht sich, denn eigentlich müsste er sich den Ton verbitten.
»Recherchieren Sie bitte nach Kuckelkorns. Sie erinnern sich vielleicht, Ruth und Itzak Kuckelkorn, zwei ausgezeichnete Schauspieler.«
»Erinnere mich. Habe ja vor Jahren mit ihnen gedreht. Wird jedenfalls erledigt!«
»Danke.«
Eisleben geht die Treppe hinauf und verschwindet in der Kammer. Reiter lächelt. Gut, also die Kuckelkorns – wenn sie noch leben. Soll er haben, möglichst bald, dann abdrehen und weg damit. Er geht nach hinten ab. Es ist dunkel in der Scheune. In der Ferne hört man Flugzeuge. Plötzlich ein Lichtstrahl im Gebälk. An der Leiter nach oben steht Hänschen mit einer Lampe. Er klettert hinauf. Dort angekommen, auf einem Querbalken über der Studiodekoration sitzend, schaltet er einen Scheinwerfer ein und schwenkt ihn hin und her. Unkontrolliert, fahrig, hektisch zuckt der Lichtstrahl durchs Gebälk, beleuchtet mal die Dekoration, mal die Decken der Schlafkojen, mal die blanken Dachziegel, begleitet von den lauter werdenden Begeisterungsrufen des Jungen.
Jemand ruft.
»Aufhören, Ruhe, verdammt!«

54

Hilde Weimar kommt mit Einkaufsnetz die Dorfstraße entlang zum Haus der Weimars. Vor dem Haus steht Wilhelm, ein Bündel über der Schulter. Hilde erschrickt, will sich umdrehen und weglaufen.

»Hilde!«

»Wilhelm, du – ich – es –«

»Ich bin wieder da.«

»Du musst gehn, Wilhelm. Hans ist wieder da, geh, geh, bitte!«

»Weiß er es?«

»Nein. Aber geh, bitte, geh.«

In dem Moment kommt Hans aus dem Haus. Sieht Wilhelm und begrüßt ihn herzlich. Hilde steht unsicher daneben.

»Mensch, Wilhelm, alter Junge, hast du's auch überlebt!«

»Ja, Hans, jaja.«

»Komm rein, das müssen wir betrinken.«

Wilhelm schaut Hilde unsicher an, wird dann von Hans ins Haus geschoben. Verzagt folgt ihnen Hilde.

55

»Die künstlerische Ausgewogenheit seiner Filme und sein künstlerisches Maß bei der Anwendung aller Wirkungsmittel haben dazu beigetragen, dass der deutsche Film zu einem Kunstwerk eigener Art geworden ist. Seine Begabung für die Darstellung politisch-historischer Stoffe hat ihm in diesem Krieg große Erfolge gebracht und dem deutschen Volke eindrucksvolle Ausschnitte aus seiner politischen Geschichte gezeigt. Eisleben hat sich damit um die politische Propaganda während des Krieges als Künstler so verdient gemacht, dass die Verleihung des Professorentitels an ihn während des Krieges begründet ist.«

Mit diesen Worten verleiht der Reichspropagandaminister Dr. Joseph Goebbels den Professorentitel an Konrad Eisleben. Der ist eitel genug, die Auszeichnung anzunehmen, obwohl er auch gerne den Eindruck erweckt, mit dem System und seinen Repräsentanten nichts zu tun zu haben, nur der edlen Kunst wertfrei zu dienen. Er genießt Anerkennung und Beschäftigung und ist dabei der Nutznießer der Tatsache, dass zahlreiche erfolgreiche Regisseure das Land verlassen haben und so ein Vakuum entstanden ist. Der deutsche Film braucht einen Eisleben, und Goebbels hofiert ihn geradezu. So kann er es sich leisten, nicht für die Nationalsozialisten zu trommeln, wie andere Regisseure und Schauspieler das tun. Er geht sehr gekonnt auf dem schmalen Grad zwischen Anerkennung und Verdammung. Er setzt sich bedächtig für in Ungnade gefallene Kollegen ein, aber nur so weit es ihm selbst nicht

schadet. Vor den Untaten der Nationalsozialisten schließt er die Augen. Er will von all den grässlichen Vorfällen nichts wissen und später auch nichts gewusst haben.
»Seid der Größe dieser entscheidenden Zeit würdig! Stellt euch an freien Tagen oder gar Wochen der Betreuung unserer Verwundeten, Soldaten oder Schwerschaffenden zur Verfügung.« Diese Forderung richtet er im September 1943 an alle Schauspieler, Regisseure und Filmschaffende, während er selbst sich vor jeder Art Anteilnahme oder eigener Leistung drückt.
Im Mai 1944 verlangt Goebbels auf Anregung von Hitler ein Ende der Liaison Eisleben/Leise. Das Paar heiratet. Goebbels und seine Frau Magda sind Trauzeugen.

56

Eisleben, Roland Klick, Reiter, Wagner und Ludwig Trappel inspizieren den Wirtshaussaal in Altenburg. Der ist schon weihnachtlich geschmückt. Trappel schreitet die kleine Bühne ab, Eisleben steht mitten im Raum und denkt, was man bei ihm stets an der geballten Faust vor dem Mund erkennt. Das Weihnachtszeug, sagt er zu Trappel, müsse dann natürlich raus. Reiter sitzt mit Wagner abseits. Sie warten ab, werden vom aufgeregten Ortsgruppenführer Kornbichler belästigt, der wissen will, wann das hier gedreht werde, wann der Reichspropagandaminister komme und ob er den denn dann auch begrüßen dürfe, im Namen von Altenburg sozusagen, einem Dorf, das sehr stolz darauf sei, dass man hier so einen wichtigen Film drehe, sogar mit Dr. Goebbels, den er ja unendlich verehre. Man könne noch nichts sagen, erklärt Wagner dem Übereifrigen, während Reiter hinuntergeht in die Gaststätte, um mit der Wirtin zu schwatzen.

Klick fragt Eisleben, ob er nicht glaube, dass der Saal als Motiv viel zu klein sei für das, was es im Film darstellen soll. Eisleben winkt ab. Nein, das sei nun mal die reale Dorfsituation, außerdem könne das Ganze je nach Wetter draußen stattfinden. Man sollte jetzt die Szene bis zum Auftritt des Propagandaministers hier drin drehen und später, wenn sich das Erscheinen desselben verzögere und das Wetter es erlaube, dasselbe auf dem Dorfplatz – natürlich größer und imposanter.

»Weiß Reiter das schon?«, fragt Klick leicht süffisant.

»Er wird es erfahren.«

»Das kostet tüchtig Material.«

»Ja, soll es. Mal unter uns, Herr Klick, ob Goebbels wirklich hierherkommt, das steht doch ohnehin in den Sternen. Womöglich hat der doch in diesen Zeiten Wichtigeres zu tun. Obwohl, die Eitelkeit!«

Klick lächelt.

57

Joseph Goebbels am 31. Mai 1942 in »Das Reich«:
»Ein jeder von uns malt sich in seinen geheimsten Wünschen ein zukünftiges Leben aus, das jedenfalls besser ist als dasjenige, das er verließ, als er das Gewehr in die Hand nahm oder an Pflug und Drehbank trat, um mit verdoppelter Arbeit seinem Volke für diesen Krieg das tägliche Brot und unseren Soldaten Waffen und Munition zu schaffen. Wir sehen dann im Geiste ein glückliches Volk vor unseren Augen, in einem Lande voll von blühender Schönheit, von den Silberbändern breiter Straßen durchzogen, die auch für das bescheidene Auto des kleinen Mannes freistehen. An ihren Rändern liegen schmucke Dörfer und breitgelagerte Städte mit sauberen und geräumigen Häusern, in denen kinderreiche Familien wohnen, weil sie ihnen ausreichend Platz bieten. Auf den unübersehbaren Feldern des Ostens wogt das gelbe Getreide, genug und übergenug, um unser Volk und ganz Europa zu ernähren. Die Arbeit wird uns wieder eine Freude sein, und sie wird sich die Hand reichen mit einer Fülle der Lebensbejahung, die ihren Ausdruck in rauschenden Festen und besinnlichem Frieden findet.«

58

In der Scheune haben Trappel und der Schreiner Hansen mit ein paar Arbeitern aus dem Dorf einen kleinen Bahnhof aufgebaut. Hier soll die Ankunft der siegreichen Soldaten gedreht werden. Eisleben, Johanna, Molitor, von Kolkwitz, Joseph Kunert, Klick, Reiter und Wagner, Trappel, Weiss und Seibert und alle anderen Beteiligten des Teams sitzen auf Stühlen vor der Dekoration und lauschen Eisleben, der wieder einmal eine Grundsatzrede hält, die Losung für den weiteren Verlauf ausgibt.

Johanna sitzt etwas abseits. Sie mag seine Reden nicht, findet, dass er sich zu sehr windet, dass er denen, die noch immer nicht begriffen haben, was hier wirklich stattfindet, Wagner zum Beispiel oder auch dem ungeheuer arroganten von Kolkwitz, nach dem Mund redet. Diese ewigen Rücksichten, dieses Taktieren. Sie wünschte sich, Eisleben wäre souveräner. Die Regisseure, mit denen sie gearbeitet hat, waren zumeist autoritär. Sie waren wie Eisleben auch in der Partei, haben ihre Begeisterung für das Regime zur Schau getragen, standen zu ihren Überzeugungen. Eisleben laviert, hat nicht den Mut zu sagen, ich will mit euch nichts zu tun haben, mache mich nicht mit euch gemein. Er will nicht als Teil des Systems erscheinen und ist doch voll dabei, indem er alle Vorteile, die ihm dadurch erwachsen, mitnimmt. Ein Karrierist, wie mancher Schauspielerkollege. Immer häufiger fragt sich Johanna, warum und ob sie ihn noch liebt, ob sich ihre Wege nicht trennen werden, wenn dieser Spuk hier vorbei ist, ob

das Kind, das sie erwartet, wirklich auch sein Kind sein wird.
Jetzt geht Eisleben vor den Anwesenden auf und ab, greift seine Gedanken mit den Händen aus der Luft, macht kleine Kunstpausen.
»Herr Reiter hat das hier einmal ein Stück der Front genannt. Das ist ein treffender Vergleich. Erstens ist nicht jeder aus freien Stücken hier –«
»Das kann man sagen!«, ruft Molitor dazwischen. Eisleben lächelt.
»– zweitens helfen wir alle mit unserer Arbeit, das Ruder herumzureißen und das deutsche Boot in einen siegreichen Hafen zu steuern. Die Soldaten an der Front und die Männer in den Schaltzentralen sehen sich täglich vor neue Situationen gestellt. Sie müssen also täglich neu reagieren, Taktiken ändern. Wir sind – sagen wir einmal in aussichtsreicherer Zeit – angetreten, den deutschen Menschen einen Film zu schenken, der wie ein Spiegel ihres Lebens ist. Was wir bisher gemacht haben, war und ist richtig. Doch die Menschen draußen sind jetzt mit Hunger und Zerstörung konfrontiert, und sie müssen allen Mut und alle Hoffnung aufbringen, um noch an das Gute zu glauben. Es wäre also zynisch, wenn wir ihnen – wie wir das bisher getan haben – eine heile Welt, eine unzerstörte Umwelt zeigen würden. Denn der Endsieg wird auf Trümmern gefeiert werden. Diese Trümmer – auch seelischer Natur – dürfen wir nicht verschweigen. Die Menschen haben Opfer gebracht, dem muss man Rechnung tragen, das kann und darf man nicht ver-

schweigen. Keine Angst, meine Freunde, wir können diesen Film nicht neu drehen. Wir hätten nicht mehr die Mittel dazu. Was ich mir aber überlegt habe, ist ein neuer Schluss.«

Er macht eine längere Pause, lässt das Gesagte wirken, schaut von einem zum anderen, sieht das empörte Gesicht von Wagner, das leichte Grinsen von Klick, das undurchschaubare von Reiter, das stets überhebliche Lächeln des von Kolkwitz. Johanna weicht Eislebens Blick aus, Lene Hackbarth strickt.

»Wir werden – so viel zunächst einmal – einen Hans Weimar zeigen, der in ein beinahe zerstörtes Heim zurückkehrt, wo er die geliebten Menschen antrifft, die trotz aller Zerstörung und aller Entbehrungen tapfer durchgehalten und überlebt haben. Bitte lassen Sie mir zwei Tage Zeit, diesen Schluss zu schreiben. Wir brauchen diese Zeit auch, weil wir auf entsprechendes Rückpromaterial aus Berlin warten müssen, das Andergast angekündigt hat. Ich danke Ihnen allen für Ihr Verständnis.«

Wagner verlässt wütend den Raum. Alle anderen sitzen etwas ratlos da. Eisleben geht – ohne Johanna zu beachten – hinaus.

»Müssen wir jetzt den Menschen das zeigen, was sie täglich sehen? Soll das Mut machen?«, fragt Reiter.

»Nach dem großen Sieg brauchen die Menschen doch keinen Mut, da geht es doch eher um Euphorie«, sagt Johanna listig.

»Glaubt unser Spielleiter noch an den großen Sieg, Frau Leise?«

»Fragen Sie ihn doch selbst.«
»Und Sie?«
»Ach Gott!«
Sie geht hinaus. Nachdenklich sitzt Reiter da.

59

Molitor steht in seiner Kammer, diesem Bretterverschlag, wie er ihn nennt, am Waschbecken und wäscht sich, so gut es geht, seinen fetten Leib, dessen Dimensionen jetzt erst augenfällig werden. Klick sitzt daneben auf einem Stuhl, schaut Molitor zu und raucht.
»Merkst du, was gespielt wird, Molli? Der Herr Professor schreibt erst einmal. Und er lässt sich Zeit. Großes neues Umdenken. Die Alliierten rücken vor, und der Herr Professor für den neuen deutschen Film schreibt in aller Ruhe neue Schlüsse. Und Andergast hält in Berlin seine Kamera den Verreckenden vor die Schnauze.«
»Das ärgert dich, was?«
»Nein, es tut mir um das viele Material leid, das ich hier gerne hätte. Aber so vergeht die Zeit. Ich bin im Moment nicht erpicht darauf, irgendwo anders in diesem Lande zu sein.«
»Ach Gott, Henning, ich kann mir auch was anderes vorstellen.«

»Wer nicht. Aber denk nach, Molli, wo wir sind und wo wir auch sein könnten.«

60

»Ich wollte gar nicht zurückkommen. Ich hatte Angst. Wusste ja nicht, ob du heimgekommen bist oder nicht.«

»Das wäre dir wohl recht gewesen, wenn mich der Iwan erledigt hätte, was?«

»Nein, Hans, ich bin doch kein schlechter Mensch. Wie kannst du so was denken!«

»Ist einer ein guter Mensch, der dem besten Freund die Frau schwängert?«

»Wir waren schwach, Hilde und ich, wir – Hans, wenn du es verlangst, gehe ich von Krahwinkel weg und lasse mich nicht mehr sehen.«

»Das kann ich – das will ich nicht verlangen.«

»Doch, das kannst du, das ist dein Recht.«

»Herrgott nochmal, musste uns das passieren, Wilhelm? Dieser Scheißkrieg! Schuld an so was ist doch nur der Krieg!«

»Hans, du und ich, wir haben Fürchterliches erlebt und gesehen, wir haben es überlebt und wir sind heil zurückgekommen. Das Leben geht weiter. Im Zeichen des großen Sieges bauen wir auf, was zerstört ist. Hilde wird ein Kind

des Sieges bekommen. Das Kind soll zwei Väter haben, dich und mich, zwei Freunde, schlag ein, Hans.«
Wilhelm hält Hans die Hand hin. Hans zögert, nimmt dann Wilhelms Hand.
»Danke so weit!«, ruft Eisleben. »Herr Molitor, wenn Wilhelm die Hand reicht, wünsche ich mir ein längeres Zögern. Da findet ein innerer Kampf statt. Er schaut Wilhelm zum Beispiel nicht an.«
»Jaja, sind Sie denn davon überzeugt, dass das realistisch ist, dass ein Mann wie Hans Weimar so einfach verzeiht. Ich meine, das ist doch ein unglaublicher Betrug durch den Freund?«
»Realismus hin oder her. Die Figur bekommt Größe durch dieses Verzeihen. Es wird in diesem Lande nach einem solchen Krieg viele Familien geben, in denen Ähnliches passiert ist. Hans Weimar kann da ein Beispiel geben für menschliche Größe, verstehen Sie?«
»Jaja, wenn Sie meinen.«
»Ja, das meine ich. Gut, dann können wir das drehen! Ach! Und – Herr Kunert – fallen Sie bitte nicht wieder in Ihr Schweizer Idiom zurück.«
»Ich werde mir wie immer Mühe geben.«
»Gut so, danke.«

61

1909 als uneheliches Kind der Herta von Stetten in Wien geboren, wird Henning Klick im Hause von Stetten im Schwäbischen erzogen. Wie alle Männer der Familie soll auch er Soldat werden. Mit zehn Jahren kommt er in eine Kadettenschule. Brüder der Mutter, hohe Militärs, haben eine Freude daran, den Bastard nach allen Regeln ihrer soldatischen Kunst zu erziehen. Mutter Herta, durch den Fehltritt mit einem Offizier zur Genüge bestraft, lässt es geschehen. Seinen leiblichen Vater lernt Henning nicht kennen. Den Namen Klick bekommt er, weil die Mutter der Ordnung halber mit einem mittellosen Musiker dieses Namens verheiratet wird, ohne dass dieser je in Erscheinung tritt.

Aus dieser tristen Kindheit befreit sich Henning, indem er als Achtzehnjähriger 1927 die Familie verlässt und nach Afrika geht. In Kigali findet er auf einer belgischen Farm Arbeit und lernt Eugen Meister kennen, der für Hagenbeck Wildtiere filmt und fotografiert. Er wird dessen Assistent, macht eine Kameraausbildung und tritt, wie Meister, in die NSDAP ein, was in Kigali unter Deutschen zum guten Ton gehört. Als Klick 1935 nach Deutschland zurückkehrt, gerät er in den Dunstkreis von Leni Riefenstahl und wird einer ihrer zahlreichen Assistenten. Die Bekanntschaft mit Kurt Reiter sichert ihm schließlich eine Beschäftigung bei der Ufa. Bei Kriegsbeginn müsste er eigentlich an die Front, wird aber von Reiter als Kameramann für seine »Panzerfilme« gebraucht.

Klick ist ein Frauenheld. Kaum eine Schauspielerin, mit der er nicht eine Affäre hat. Auch Johanna Leise verfällt vorübergehend seinem Charme. Er ist Opportunist. Die Parteizugehörigkeit, die er je nach Bedarf verschweigt oder betont, öffnet ihm Türen, er macht Karriere, ohne sich anbiedern zu müssen. Sein Privatleben ist flatterhaft. Johanna, die wirklich in ihn verliebt ist, betrügt er laufend, so dass sie schließlich die Beziehung beendet, wogegen er aus verletzter Eitelkeit vergeblich Sturm läuft. Als er von Reiter zu Eislebens Film gerufen wird, zögert er, denn mit Johanna, die jetzt mit Eisleben verheiratet ist, zu arbeiten, wird ihm schwerfallen. Doch wieder setzt sich der Opportunist in ihm durch. Da kein anderes Projekt mehr ansteht, müsste er an die Front. Da zieht er es doch vor, mit Eisleben zu arbeiten.

62

Joseph Goebbels im Tagebuch am 14. Dezember 1942:
»Die Juden machen die ganze Welt rebellisch wegen der angeblichen Greueltaten in Polen. Nun wollen sie die USA und England als Schutzmächte anrufen. Aber es nützt den Juden alles nichts. Die jüdische Rasse hat diesen Krieg vorbereitet, sie ist der geistige Urheber des ganzen Unglücks, das über die Welt hereingebrochen ist. Das Judentum muss für sein Verbrechen bezahlen, so wie der Führer es damals in seiner Reichstagsrede

prophezeit hat: mit der Auslöschung der jüdischen Rasse in Europa und vielleicht in der ganzen Welt.«

63

Itzak Kuckelkorn, 1896 geboren, kommt 1919 mit seinen Eltern aus der Ukraine nach Berlin. Mit 70 000 Juden fliehen sie vor Pogromen, denen Tausende Juden zum Opfer fallen. Dass sie fünfzehn Jahre später wieder werden fliehen müssen, können sich die Eltern, die einen Gemüsehandel betreiben, nicht vorstellen. In Berlin kann Itzak seinem Wunsch folgen, Schauspieler zu werden. An einem kleinen Theater beginnt er seine Karriere. Dort lernt er die Schauspielerin Ruth kennen, die Tochter eines wohlhabenden Münchner Juweliers. Die beiden heiraten 1928. Nach zwei Jahren kommt die Tochter Sarah zur Welt, zwei Jahre später der Sohn Michael. Kuckelkorns landen beide früh beim Tonfilm, spielen sich beide nach oben, sind gefragt und gut beschäftigt. Ruths Eltern gehen bereits 1933 in die Schweiz, in weiser Voraussicht, wie sie betonen, von Johanna Leises Eltern, mit denen sie befreundet sind, unterstützt. Itzaks Eltern wollen dem Rat der Leises nicht folgen, Ruth und Itzak ohnehin nicht. Sie spüren im Filmmilieu, wo es immer noch viele Juden gibt, die Repressionen noch nicht. Als den Eltern in der Reichskristallnacht 1938 der Laden demoliert wird, entschließen sich die, Deutschland zu verlassen, wiederum mit Unterstützung der Leises, die inzwischen ein funktionierendes Untergrundausreisesystem aufgebaut haben. Ruth und Itzak aber bleiben.

64

»Hans Weimar Klammer auf zu seiner Frau Klammer zu Doppelpunkt Hilde Komma dass ich euch Komma meine Lieben Komma heil wiederseh mit Apostroph.«

» … heil wiedersehe, Apo– warum Apostroph?«

»Nicht wiedersehe, sondern wiederseh', hinten mit Apostroph.«

»Also, Konrad, ich verstehe das immer noch nicht, warum –?«

»Johanna, also nun aber! Wiederseh ohne das e, das ist Umgangssprache, Verkürzung, seh' statt sehe. Da macht man am Ende so ein Häkchen.«

»Ach so, gut. Aber warum schreibt man nicht wiedersehe?«

»Das ist zu steif, das sagt niemand.«

»Zu Molitor passt es. Der ist so steif.«

Eisleben geht in der kleinen Kammer auf und ab. Johanna sitzt an einer Schreibmaschine. Er ist leicht entnervt.

»Können wir jetzt weitermachen?«

»Bitte, bitte.«

»Wo war ich?«

»Dass ich euch, meine Lieben, heil wiedersehe.«

»Also, Johanna!«

»Entschuldige. Heil wiederseh'.«

»Wiederseh Komma davon habe ich in den kalten Nächten draußen – in – den – kalten Nächten draußen geträumt Punkt. Hans Komma sagte Wieland Komma zieh' den Kopf ein – bei zieh' wieder so ein Häkchen –«

»Einfache Anführung nennt man das. Hans, zieh' den Kopf ein.«

»Als sich die Kugel des Feindes knapp über mir in den Balken unserer Stellung bohrte Punkt.«

Es ist mühsam. Eisleben ist genervt, Johanna hat überhaupt keine Lust, ihm die Sekretärin zu spielen. Warum schreibt er es nicht selbst? Beim Diktieren, diesem unruhigen Aufundabgehen könne er besser Gedanken fassen, sagt er. Schließlich, am Ende einer solchen Sitzung, liest sie ihm das Geschriebene noch einmal vor.

»Die Kommas spare ich mir, ja?«

»Kommata. Ja.«

»An euch, meine Lieben, zu denken, hat mich gerettet. Groß Hilde Weimar, ihren Arm um ihn legend, mit ihm an die Stelle tretend, wo die Bombe einen Teil des Hauses weggerissen hat, so dass der Himmel zu sehen ist. Hilde Weimar Doppelpunkt Hans, auch ich habe es gespürt, dass ich dich heil wiedersehen werde. Warum ›heil‹, Konrad, zweimal ›heil‹ in dem Text? Warum überhaupt ›heil‹?«

»Warum nicht? Ist ein deutsches Wort.«

»Warum nicht ›gesund‹ oder ›lebend‹ oder ›wohlbehalten‹? Ich kann einfach das Wort ›heil‹ nicht mehr gut ertragen.«

Was denn mit ihr los sei. Er schreit. Sie sei in letzter Zeit so ungehalten, das kenne er gar nicht von ihr. Sie sei hier nicht das stumme, hirnlose Tipphäschen, sagt sie, sie denke eben über das nach, was sie hinschreiben soll. Das sei ja in Ordnung, aber es häufe sich. So könne er nicht arbeiten.

»Dann hol dir doch aus dem Dorf irgendein Dummchen, das dir das schreibt. Warum schreibt Seibert das nicht? Das ist nicht meine Abteilung hier. Ich bin Schauspielerin.«

»Schauspielerinnen arbeiten zurzeit in der Munitionsfabrik.«

»Ja und? Das kann nicht schlimmer sein!«

»Johanna, wir müssen uns jetzt alle zusammenreißen.«

»Jajaja!«

Sie geht hinaus, macht draußen in der Dezemberkälte einen Spaziergang und kommt dann zurück. Sie habe darüber nachgedacht, sagt sie, dass keiner der Regisseure, mit denen sie gearbeitet habe, so viel Wert auf beste Drehbücher, geschliffene Dialoge, auf Qualität gelegt habe wie er, und nun mühe er sich hier unter seinem Niveau an einer Schmonzette ab, die sich irgendein Arsch im Propagandaministerium ausgedacht habe, möglicherweise Humpelstilzchen selbst.

Ob sie es denn immer noch nicht begriffen habe, dass es hier nicht mehr um filmische Qualität, um Kunst gehe, sondern ums nackte Überleben. Wie oft er ihr das noch sagen müsse.

»Liebe Johanna, wenn man versucht, ein leckendes Schiff heil in den Hafen zu bringen, geht es nicht mehr um erstklassige Navigation.«

»Ein schlechter Vergleich.«

»Warum?«

»Da kommt schon wieder das Wort ›heil‹ drin vor.«

»Ja, mein Gott, Johanna, sei doch nicht so kleinlich. Weißt du, warum ich mich auf diese Arbeit eingelassen habe. Ich hoffe, du weißt es.«

»Ja, es hätte vermutlich in dieser Zeit kein anderes Projekt mehr gegeben.«

»Eben. Es ist das Projekt Goebbels'. Wären wir nicht hier, ich säße im Schützengraben und würde mir die Zehen abfrieren und du würdest in der Waffenfabrik Patronen zurechtfeilen. Und wir wären nicht zusammen.«

»Du hast ja recht. Verzeih mir.«

»Du weißt auch, wie schwer es mir fällt, diese Nähe zu all den Leuten hier zu ertragen.«

»Das weiß ich.«

»Als man Reiter noch Filme machen ließ, war er seinem Team ein allgegenwärtiger Führer, streng, patriarchalisch und autoritär. Dazu fehlt mir jegliche Begabung.«

»Wärest du anders, ich wäre nicht bei dir. Und doch denke ich oft, dass sie dir zu sehr auf der Nase herumtanzen.«

»Liebe, ich habe nur die eine Möglichkeit, die Zeit zu gewinnen, die ich brauche, um den Spuk dieses Krieges heil – äh – wohlbehalten zu überleben: Taktik, Taktik und nochmal Taktik.«

»Wie wird es sein, Konrad, wenn das alles vorbei ist? Werden wir uns dann gegenseitig anschauen und fragen, was das war? Werden wir dann merken, dass wir nur eine Zweckgemeinschaft waren, die wir für Liebe hielten?«

»Ich kann und will mir das nicht vorstellen. Lass uns weitermachen. Wo waren wir?«

»Hilde Weimar Doppelpunkt Hans, auch ich habe es gespürt, dass ich dich wohlbehalten wiedersehen werde.«

Sie betont das ›wohlbehalten‹ und grinst. Er übergeht es.

»Hans Weimar Doppelpunkt jetzt wird alles gut.«

65

Joseph Goebbels am 28. November 1925 im Tagebuch: *»Meine Freude ist groß. Hitler begrüßt mich wie einen alten Freund. Und umhegt mich. Wie liebe ich ihn! So ein Kerl! Und er erzählt den ganzen Abend. Ich kann nicht genug hören. Ich muss auf seinen Wunsch zuerst sprechen. Und dann redet er. Wie klein ich bin! Er gibt mir sein Bild. (…) Ich möchte Hitler als Freund haben. Sein Bild steht auf meinem Tisch. Ich könnte es nicht ertragen, an diesem Mann zweifeln zu müssen.«*

66

»Melde gehorsamst, drei Kilo Kaffee, zehn Pfund Mehl, zwei Kilo Zucker, drei Scheinwerfer, fünf Wolldecken und zwei Juden sind eingetroffen!«
Wagner meldet das militärisch zackig seinem Chef Reiter.
»Wie, nur zwei Juden?«
»Ein Mann und eine Frau.«
»Keine Kinder?«
»Nein, Köppel sagt, es gab keine mehr.«
»Verdammte Scheiße, warum? Diese Kuckelkorns haben doch zwei Kinder.«
Wagner grinst.
»Hatten.«
Nun, meint Reiter, da solle doch der Professor sehen, wie er damit klarkomme. Man solle die Juden drüben in dem Schuppenanbau unterbringen. Hier wolle er sie nicht sehen. Und wenn sie nicht eingesetzt sind, sollen sie sich unsichtbar machen.
»Sorgen Sie für das Nötigste.«
»Was ist das?«
»Bitte?«
»Was ist für Juden das Nötigste?«
»Wagner, Eisleben hat diese Leute angefordert. Es sind Schauspieler. Ich habe vor Jahren sogar mit ihnen gedreht. Kann man sagen, tut nichts zur Sache. Aber: Ich will mit Eisleben in der Sache keine Auseinandersetzungen. Also, lassen Sie das dort so herrichten, dass die Leute da leben können, verstanden?«

»Ja. Ich veranlasse das ›Nötigste‹.«

Er grinst.

»Und, Wagner, wir sollten dafür sorgen, dass die möglichst bald abgedreht haben, und dann weg damit, ja.«

»Sagen Sie das dem Professor?«

»Nein, Sie.«

Wagner holt einen Zettel aus der Jacke.

»Chef, heutiger Kalenderspruch – hören Sie:
›O Herr, gib uns den Moses wieder,
auf dass er seine Glaubensbrüder
hinführe ins Gelobte Land!
Lass nochmal das Meer sich teilen
und lass die hohen Wassersäulen
feststehn wie eine Felsenwand!
Und wenn in dieser Wasserrinnen
das ganze Judenvolk ist drinnen,
Herr, dann mach die Klappe zu,
und alle Völker haben Ruh.‹«

»Sehr gut, Wagner.«

Beide lachen.

67

Im März 1944 beginnen die Amerikaner tagsüber Angriffe auf Berlin zu fliegen; im Dunkeln kommen die Briten. Auf Berlin gehen mehr Bomben nieder als auf jede andere deutsche Stadt. Das Leben ist weitgehend davon bestimmt. Die Angst wird zum öffentlichen Zustand. Viele Berliner haben ihr Zuhause verloren. Es gibt 500 000 Obdachlose. Während der 19 Großangriffe durch die U.S. Air Force und die Royal Air Force vom August 1943 bis zum März 1944 sterben 9390 Zivilisten.

Mit Galgenhumor scherzen die Berliner über ihre »Stadt der Warenhäuser«: »Hier waren Häuser, da waren Häuser.« An einem Baum hängt ein Zettel: »Tausche wegen Fettmangel eine beinahe neue Bratpfanne gegen ein Führerbild.«

Für die Menschen in Altenburg und in der Scheune ist Berlin weit weg. Köppel braucht bei den momentanen Straßenzuständen drei Stunden.

68

Weihnachtliche Idylle in der Maske. Siggi Weiss hat einen kleinen Weihnachtsbaum organisiert. Lene Hackbarth und Ursel Kling schmücken ihn notdürftig. Auf dem Tisch steht ein Adventskranz, drei Kerzen brennen. Lene singt »Leise rieselt der Schnee, still und starr liegt der See«. Hape Reimer singt mit. Eisleben kommt dazu, beachtet das Bäumchen gar nicht, sucht Seibert, der den Frauen bei ihrer Arbeit zuschaut.

»Kommen Sie, Seibert, wir werden den Herren jetzt erklären, was sich am Motiv ändert.«

»Übrigens, Herr Eisleben, Kuckelkorns sind eingetroffen, die Juden.«

»Ach! Gut. Kümmert man sich um sie?«

»Frau Leise ist bei ihnen.«

»Das ist gut – gut, gut, gut. Dann lassen Sie uns gehen.«

Im Motiv Wohnung und Innenhof Weimar warten bereits Weiss, Klick und Trappel. Eisleben stellt sich mitten in den Hof, kaut an seinen Fingernägeln und denkt nach, von den anderen beobachtet. Das kennen sie alle, wenn der Chef denkt, heißt es geduldig abwarten. Dann referiert er. Man müsse das Ganze neu denken. Das könne und müsse er ihnen allen nun immer wieder sagen. Man könne nicht mehr ignorieren, dass das Maß der Zerstörung auch die hintersten Winkel des Landes erreicht hat, auch das Haus Weimar in Krahwinkel. Trotz der Siegeseuphorie, Hans Weimar komme ausgelaugt, kaputt, vom Krieg gezeichnet, halbverhungert und desillusioniert nach Hause. Er finde seine Lieben vor, aber auch die Trümmer seiner Arbeit, seines Strebens und Sparens.

»Sein Haus oder zumindest ein Teil der Scheune ist zerstört. Der Krieg hat Zeichen gesetzt. Mit dem großen Sieg im Rücken wird Hans Weimar anpacken, das Zerstörte wieder aufbauen, die Ärmel hochkrempeln, Vorbild sein, mit einem Auf-in-eine-neue-Zeit und einem Das-Leben-geht-weiter auf den Lippen.«

»Was schlagen Sie für das Motiv vor?«, fragt Trappel.

»Es sollte gebrannt haben. Das heißt, wir sollten einen Teil des Schuppens abfackeln.«

Die Herren schauen sich bedeutungsvoll an.

»Erlauben Sie eine Frage?«, sagt Klick. »Wie soll unser dickes Schweinchen Molli diesen abgerissenen Heimkehrer glaubhaft darstellen?«

Eisleben geht auf die Frage überhaupt nicht ein, so als habe er sie gar nicht gehört, bereit, ihr allenfalls ein Achselzucken zukommen lassen. Was er nicht ändern kann, will er auch nicht diskutieren.

»Übrigens, meine Herren, diese Kuckelkorns sind da. Ich kann doch von Ihnen allen erwarten, dass Sie sich rücksichtsvoll verhalten. Diese Leute haben viel mitgemacht. Ich bitte Sie, das zu bedenken.«

69

»Er war mal ein hübscher Junge, jetzt ist er ein Rhinozeros«, sagt Johanna einmal zu Eisleben. Er, Karl Molitor, genannt Molli, was inzwischen auf ihn passt, wird 1900 in einem Weinbauerndorf an der Mosel geboren. Bereits mit vierzehn verlässt er Dorf und Eltern, schlägt sich in verschiedenen Jobs durch und geht 1916 nach München, um Schauspielunterricht bei einer alten Schauspielerin zu nehmen. 1917 soll er noch in den Krieg. Seine freiwillige Arbeit in einem Lazarett rettet ihn davor. Von 1920 bis 1928 ist er quer durch das Land an verschiedenen Theatern engagiert, als ›Nebenrollenliebhaber‹, wie ein Kollege es einmal nennt. Hamburg, Regensburg, Halle, Weimar, Erfurt, Koblenz und schließlich Berlin sind seine Stationen. Er schafft es nicht in die erste Reihe. Große Rollen bleiben aus. Als 1930 sein Vater stirbt, verkauft seine Mutter den Weinberg und zieht zu ihm nach Berlin. Mutti wird der Lebensmittelpunkt. Um sie dreht sich alles. Sie bestimmt schließlich, dass Molli die Schauspielerin Käthe Schmitz heiratet, als Alibi. Molli ist schwul, Käthe lesbisch. Der Schein ist gewahrt. Das ist wichtig in dieser Zeit. Über Käthe entstehen erste Kontakte zum Film. In zahlreichen unbedeutenden Filmen spielt Molli kleine Rollen, mehrere Male auch bei Kurt Reiter. Mutti kocht gut, Molli wird korpulent. Entsprechend wird er besetzt. Käthe Schmitz stirbt 1934.

Als Reiter Eisleben im September 1944 die vom Ministerium gewünschte Besetzungsliste vorlegt, ist der überrascht, dass Molitor Hans Weimar spielen soll und dass das von oben so gewünscht ist. Molli ist zwangsverpflichtet. Eisleben erhofft sich Hans Albers für die Rolle, doch der will nicht, was er sich so ziemlich als Einziger leisten kann.

Ein Gerücht besagt, dass es eine homosexuelle Beziehung zwischen Molli und einer Person im Propagandaministerium gibt und dass somit jemand Interesse daran hat, Molli durch diese Verpflichtung vor dem Gang an die Front zu bewahren. Eisleben, obwohl von Goebbels mit dem Professorentitel honoriert, muss feststellen, dass sein Einfluss begrenzt ist. Einige Tage bevor Molli widerwillig von Köppel nach Altenburg gebracht wird, fällt das Haus in Berlin den Bomben zum Opfer. Die Mutter, die sich stets weigerte, in den Luftschutzbunker zu gehen, stirbt.

70

Am 3. Februar 1945 wird Berlin von 958 Maschinen der Amerikaner angegriffen. 939 Flugzeuge kommen durch die deutschen Verteidigungslinien. Es sterben 25 000 Menschen. Gemessen an der Zahl der Todesopfer ist es der schwerste Luftangriff auf Berlin. Bei dem Angriff werden mindestens 20 000 Menschen verletzt und 120 000 obdachlos. Unter den Opfern sind viele Häftlinge und

Zwangsarbeiter, denen der Schutz durch Luftschutzeinrichtungen generell verwehrt wird. Bei dem Angriff stirbt auch der Vorsitzende des Volksgerichtshofes Roland Freisler. Paul Köppel überlebt in einem Luftschutzkeller und kehrt unversehrt nach Altenburg zurück.

71

»Ruth! Itzak! Seid ihr's wirklich?!«

Johanna eilt auf die beiden zu, die dünn, ausgemergelt in Sträflingskleidung vor dem Schuppen stehen.

»Erschrick nicht, Johanna, ja wir sind's«, sagt Ruth Kuckelkorn.

»Mein Gott, was hat man mit euch gemacht!?«

»Später, Johanna, jetzt nicht, später werden wir alles berichten.«

»Wieso seid ihr jetzt hier, wie –«

Wagner ist dazugekommen.

»Der Herr Professor hat sie angefordert. Ich soll sie im Schuppen unterbringen – und Sie bleiben hier, bis Sie gerufen werden, verstanden!?«

Johanna schäumt vor Wut.

»Halten Sie gefälligst Ihren Mund! Sie Wicht! Nicht in diesem Ton! Was fällt Ihnen ein!?«

»Lass, Johanna, lass«, sagt Itzak beschwichtigend.

»Es ist die Anordnung von oben.«

»Verschwinden Sie. Gehen Sie uns aus den Augen, aber sofort.«

Wagner grinst und trollt sich, laut lachend.

»Heil Hitler, Frau Leise!«

»Diese Brut!«

Der sei doch ein harmloser Wichtigtuer. Johanna könne sich sicher nicht vorstellen, was für Unmenschen sie ausgeliefert waren. Nun hätten sie wieder einen Funken Hoffnung, einen Funken nur.

»Johanna, wo sind deine Eltern?«, fragt Ruth. »Sind sie in Sicherheit?«

»Ich weiß es nicht, habe seit damals nichts gehört – irgendwo in den Alpen werden sie sein – vielleicht auch schon in der Schweiz.«

»Hoffentlich.«

»Wo sind die Kinder? Sarah? Michael?«

Ruth schlägt die Hände vors Gesicht. Itzak antwortet.

»Tot, sie sind tot. Sie wenigstens hat man erlöst – wie alle, die nicht arbeiten konnten.«

Johanna schaut sich in dem Schuppen um. Es war ein Stall. Vor kurzem lebten hier noch Hühner. Die wurden im Laufe der Dreharbeiten geschlachtet und gegessen. Heu und Stroh liegen auf dem Boden. Keine Waschgelegenheit und ein beißender Geruch. Draußen ist es kalt. Hier drin auch. Keine Heizgelegenheit. Nein, man wird eine bessere Bleibe suchen. Und andere Kleidung. Köppel und Trappel sollen sich kümmern. Sie wird diese Zustände hier nicht zulassen. Konrad wird ein Machtwort sprechen müssen. Kuckelkorns beschwichtigen Johanna.

»Es ist paradiesisch hier, Johanna«, sagt Ruth. »Du kannst dir nicht vorstellen, wie wir gelebt haben. Gelebt ist schon zu viel gesagt.«
Itzak lacht.
»Hier fehlen doch nur noch Ochs und Eselein.«

72

Ursel Kling wird 1911 in Berlin geboren. Mit vierzehn macht sie eine Friseurlehre. 1932 lernt sie Friedrich kennen, der am Theater der Eltern von Franz Seibert als Maskenbildner arbeitet. Als der jüdische Chef von Ursel den Laden schließt, um auszuwandern, holt Friedrich sie ans Theater, wo sie fortan als Maskenbildnerin arbeitet. 1938 heiratet sie Friedrich, der ein Jahr später zum Militär muss. Seit dem Russlandfeldzug fehlt von ihm jede Spur. Ob er noch lebt, weiß Ursel nicht. Die Arbeit am Theater ist ihr ganzer Trost. Im März 1944 fällt das Theater den Bomben zum Opfer. Auch Ursels Wohnung ist zerstört, sie weiß nicht, wohin und wie es weitergeht. Franz Seibert, zu dem sie immer Kontakt hat, holt sie nach Babelsberg und vermittelt sie an Reiter.
Die Arbeit beim Film ist für Ursel eine Notlösung. Sie liebt das Theater, hat zehn Jahre dort gearbeitet. Eisleben, der am Theater der Seiberts einmal inszeniert hat, erinnert sich an Ursel und fordert sie zu den Dreharbeiten

von ›Krahwinkel‹ an. Sie dankt es ihm sehr. Dass Franz Seibert auch im Team ist, tröstet Ursel. Im Laufe der Dreharbeiten entspinnt sich eine fast romantische Liebesgeschichte zwischen den beiden. »Es ist zu kalt, um niemanden zu haben, der einen wärmt, Friedrich wird es verzeihen«, sagt Ursel. Die Werbungen von Joseph Kunert, der sie gerne nach dem Krieg in die Schweiz mitnehmen würde, schlägt sie aus.

73

Joseph Goebbels im Tagebuch am 7. März 1942:
»Es gibt in Europa noch über 11 Millionen Juden. Sie müssen später einmal zuerst im Osten konzentriert werden; eventuell kann man ihnen nach dem Krieg eine Insel, etwa Madagaskar, zuweisen. Jedenfalls wird es keine Ruhe in Europa geben, wenn nicht die Juden restlos aus dem europäischen Gebiet ausgeschaltet werden. Das ergibt eine Unmenge von außerordentlich delikaten Fragen. Was geschieht mit den Halbjuden, was geschieht mit den jüdisch Versippten, Verschwägerten, Verheirateten? Wir werden also hier noch einiges zu tun bekommen, und im Rahmen der Lösung dieses Problems werden sich gewiß auch noch eine ganze Menge von persönlichen Tragödien abspielen. Aber das ist unvermeidlich jetzt. Jetzt ist die Situation reif, die Judenfrage einer endgültigen Lösung zuzuführen. Spätere Generationen werden nicht mehr die Tat-

kraft und auch nicht mehr die Wachheit des Instinkts besitzen. Darum tun wir gut daran, hier radikal und konsequent vorzugehen.«

74

Im ›Krug‹ zu Altenburg sitzen Ludwig Trappel und Joseph Kunert zusammen. Wenn dieses Abenteuer hier vorbei sei, dann gehe er wieder in die Schweiz, sagt Kunert. Eigentlich würde er am liebsten sofort abhauen. Trappel sehnt sich auch nach der Schweiz. Er erzählt von Sarah, seiner jüdischen Lebensliebe, wie er sie nennt. Sie sei rechtzeitig mit ihren Eltern in die Schweiz gegangen, er habe sofort nachkommen wollen, dann habe es noch filmische Verpflichtungen gegeben, ihm konnte ja nichts passieren, er habe es sehr geliebt, in Berlin zu drehen. In Zürich lebe Sarah jetzt. Anfangs habe er noch Post bekommen, jetzt habe er nichts mehr gehört. Die Schweiz sei immer das Land gewesen, in dem er leben wollte, aber dort zu arbeiten wäre wohl schwierig geworden. Kunert erzählt von seiner Heimat, von den Bergen, von der Liebe, derentwegen er nach Berlin gegangen sei, die ihn dann betrogen habe. Ob er verstehe, fragt Ludwig, warum Hitler nie die Schweiz überfallen habe in seinem Wahn, die Welt zu erobern und zu beherrschen. Man könne da nur spekulieren, sagt Kunert, erstens konnte man zulassen, dass die

Schweiz die Juden aufnehme, zweitens glaube er, dass reiche Schweizer Hitlers Krieg mitfinanziert haben. Wie das denn, fragt Ludwig. Zum einen gebe es Geld gegen beschlagnahmten jüdischen Besitz, zum anderen kauften die Schweizer für billiges Geld die Ruinen in den zerbombten Städten. Und darüber hinaus würden sie später am Wiederaufbau mitverdienen.
»Die Schweiz ist reich, Ludwig, sehr reich.«
»Und friedlich, ohne Krieg und Zerstörung. Und dort ist Sarah.«
Sie schweigen, trinken Wein und träumen vom Frieden und von den Bergen. Joseph erzählt von dem kleinen Bauernhof, einer Alm, die die Eltern betreiben. Von der schweren, aber auch glücklichen Kindheit, dem stundenlangen Schulweg ins Tal, vom Wunsch, Schauspieler zu werden, von der kleinen Bühne in Zürich und dieser verrückten deutschen Kollegin Eva, mit der er nach Berlin gegangen ist, der Liebe wegen, die schnell enttäuscht wurde. Ludwig erzählt von Sarah. 1930 haben sie sich kennengelernt, seit drei Jahren sind sie getrennt. Das muss ein Ende haben, die Sehnsucht ist groß.
»Joseph, lass uns abhauen! Wir schlagen uns in die Schweiz durch.«
»Das wäre keine gute Idee, Ludwig.«
»Warum? Was hält uns?«
»Wir kämen nicht weit. In solchen Zeiten holen die Häscher jeden von der Straße und schicken ihn an die Front – oder erschießen ihn.«
»Ja, du hast wohl recht.«

»Außerdem, denke ich, können wir das Eisleben nicht antun. Er tut doch alles dafür, dass wir am Ende hier ungeschoren rauskommen. Und dann –«
Er jodelt kurz.

75

Paul Köppel wird 1915 als vierter Sohn eines Bauern im bayerischen Chiemgau geboren. Ab seinem vierzehnten Lebensjahr arbeitet er auf dem nahen Gutshof der Reiters als Stallknecht, Gärtner, Handwerker, Mädchen für alles. Hedda Reiter schätzt seine Arbeit und ermöglicht dem Volljährigen schließlich den Erwerb eines Führerscheins. Paul wird der Fahrer auf dem Hof, zunächst für Transportdinge, später als Chauffeur für die Chefin, die sich regelmäßig nach München fahren lässt, zu gesellschaftlichen Anlässen. Als Kurt Reiter 1938 in der Nähe einen seiner Panzerfilme dreht, holt er Paul als Fahrer in die Produktion. Paul Köppels Zukunft ist gesichert, und er wird vor dem bewahrt, was seine drei Brüder ereilt, dem Kampf an der Front. Während Paul in Berlin und anderswo Schauspieler und andere Filmschaffende durch die Gegend fährt, verlieren alle drei Brüder in Russland ihr Leben.
Pauls Einsatz in Altenburg ist von besonderer Härte, denn er ist das Bindeglied zwischen der Produktion und Babels-

berg beziehungsweise dem Propagandaministerium. Seine regelmäßigen Fahrten nach Berlin werden immer gefährlicher. Allerdings gelingt es ihm, einen regen Handel mit Zigaretten, Spirituosen und Lebensmitteln aufzuziehen. Vor allem aber sind seine Kontakte zu den Bauern der Umgebung sehr effektiv.

Im Team ist der Bayer Paul Köppel ein Exot. Er spricht fast nur Dialekt, ist des Hochdeutschen kaum mächtig und ist für gefällige und gefährliche Witze gut, ohne sich selbst für Politik zu interessieren. Sein Vorbild ist der Münchener Volkssänger Weiß Ferdl, der im Münchener ›Platzl‹ die Naziprominenz unterhält. Den imitiert er ziemlich gut.

Wenn diese Dreharbeiten und damit vielleicht auch dieser Krieg, mit oder ohne totalem Sieg, da ist Paul illusionslos, zu Ende ist, wird er sich um die Martha aus Altenburg kümmern, die Schreinerstochter. Insgeheim hofft er, dass deren Verlobter nicht mehr zurückkehrt. Dann will er die ›norddeutsche‹ Martha nach Bayern mitnehmen, wo er den elterlichen Hof übernehmen wird, denn die älteren Brüder sind tot.

»Sing uns doch das Lied vom Julius Schmid«, sagt Wagner wieder einmal, als sie in der Altenburger Gaststätte zusammensitzen.

Paul singt:

»Der Kohn, der lässt sich taufen, nur wegen der
bösen Leut,
Er nimmt den Namen Schmid an, was ihn
besonders freut.
Doch kann er sich nicht merken den Namen
›Julius Schmid‹
Und fragt man ihn, wie heißen S', dann sagt er
›Schmulius Jüd‹.«

76

Das müsse er sich nun aber schon mal von ihr sagen lassen, dass der Dialog zwischen Hans Weimar und dem NSDAP-Führer Griebel schlecht sei. Da drücke er sich doch vor dem unmenschlichen Vokabular dieses Nationalsozialisten. Dessen Darsteller von Kolkwitz müsse man doch nur zuhören, wenn der schwadroniere. Das sei ohnehin die bestbesetzte Rolle, auf den Punkt sozusagen. Molitor als Hans Weimar, nun, dazu müsse sie ja wohl nichts mehr sagen.

»Mein Gott, dann lass es doch!«

»Diese ganze Szene zwischen den beiden ist unglaubwürdig. Da muss der Griebel doch wettern und drohen, wenn ihm Hans Weimar einfach so das Parteibuch hinwirft.«

Eisleben antwortet zunächst nicht, schaut sie nur traurig an.

»Wenn Molli wieder mal zickt – warum nimmst du dann seine Verweigerung nicht an und spielst selbst Hans Weimar?«

»Ich bin kein Schauspieler mehr.«

»Als Liliom, hat man mir gesagt, warst du umwerfend.«

»Das ist lange her und vorbei.«

»Leider.«

»Außerdem: Ich wäre kein Hans Weimar.«

»Ach! Und Molli ist das?«

»Natürlich nicht.«

»Bin ich Hilde Weimar?«

»Johanna –«

»Du könntest aus Hans Weimar einen Intellektuellen machen, einen Lehrer oder Apotheker – dann könntest du die Rolle spielen. Du hast hier doch alles in der Hand, alle Möglichkeiten. Nutze sie. Dreh die paar Szenen nach – und schicke Molitor in die Wüste.«

»Kannst du ahnen, was dann mit ihm passiert?«

Sie schweigt.

»Ja, so gesehen hast du recht.«

»Johanna, ich bin auch nicht zufrieden mit dem, was ich hier tue, was ich inszeniere, was ich schreibe. Ich bin unentschlossen, wo es hingehen soll. Da unten sitzen diese Kuckelkorns. Ich kann doch unmöglich mit ihnen eine Szene drehen, wie sie das Konzept des Ministeriums vorgibt. Was soll ich ihnen sagen? Werden sie verstehen, dass es für sie wie für uns eine Überlebenschance ist, hier zu sein?«

»Sie haben es längst verstanden. Sie verstehen nur nicht, dass du dich ihnen entziehst, sie ignorierst.«

»So leid mir das tut, um Wagner und Reiter ruhig zu halten, muss ich mich so verhalten.«

»Kann der erfolgreiche, ernsthafte, gewissenhafte, der Kunst verpflichtete Regisseur, Professor von Goebbels' Gnaden, Konrad Eisleben, einmal zugeben, dass dieser Film, den er hier wie auch immer dreht, zu nichts taugt, als ihn wegzuwerfen?«

»Ja.«

Sie küssen sich, und er kriecht zu ihr ins Bett. Sie liegen lange still beieinander, dann lieben sie sich ohne Rücksicht, dass man das anderswo hört. Eine plötzlich die Scheune beschallende Musik begleitet ihr Tun. Mozarts Klavierkonzert Nummer 21, der zweite, langsame Satz. Als sich Eisleben erschöpft zur Seite dreht und einschläft und zum zweiten Mal der zweite Satz gespielt wird, steht Johanna auf, zieht den Bademantel an und geht hinaus.

Sie geht zur Kammer von Henning Klick, klopft und tritt unaufgefordert ein. Klick liegt auf dem Bett, raucht und hört die Musik von der Platte auf seinem Grammophon. Johanna steht vor ihm.

»Warum spielst du das!?«

»Das weißt du doch – da du dieselbe Erinnerung daran hast wie ich.«

»Henning, wir haben vereinbart, dass uns diese Affäre von damals hierher nicht einholt.«

»Es war keine Affäre, es war eine Liebesgeschichte. Du hast sie beendet.«

»Aus guten Gründen.«
»Meine schönen Erinnerungen daran kannst du mir nicht nehmen, nur weil dir das heute peinlich ist.«
Wortlos geht Johanna zum Grammophon, reißt die Platte runter, zerbricht sie und wirft die Teile auf sein Bett. Dann geht sie. Er lacht, steht auf, holt aus einem Koffer eine neue Platte und legt sie aufs Grammophon. Wieder erklingt der zweite Satz.

77

In der Wohnstube der Weimars. Es ist Abend. Hilde und Hans sitzen am Tisch mit einer Flasche Wein. Hänschen, im Schlafanzug, sagt beiden gute Nacht und verschwindet. Die beiden trinken und schweigen. Gedrückte Stimmung. Mal treffen sich ihre Blicke, mal weichen sie einander aus. Hans fasst sich ein Herz, erträgt diese Stille nicht mehr.
»Hunger haben wir gehabt, gefroren haben wir. Unsere warme Pisse haben wir in die Stiefel rein, damit uns die Zehen nicht abgefroren sind. Hans, hab ich mir gesagt, das ist das Ende, denk noch einmal an Frau und Kind, und das war's dann. Und dann der feindliche Beschuss. Gerade rechtzeitig hat mich ein Kamerad noch runtergezogen. Dann hat es Haimerl erwischt. Mitten durchs Hirn geschossen. Hat geschrien und war tot. Wäre besser gewesen, es hätte mich auch erwischt.«

»Hans, wie kannst du so was sagen!?«

»Na, dann hätte der Wilhelm nicht wieder an die Front gehen müssen. Dann wäre der echte Kinderpapa da und alles wäre gut.«

Hilde ist entsetzt, stottert, fängt an zu weinen.

»Wer – was – wer hat dir –?«

»Man hat so seine Informationen. Von wegen Engländer, haha!«

Wieder schweigen sie, vermeiden es, sich anzusehen. Hilde schlägt die Hände vors Gesicht, schluchzt.

»Es war Winter, kalt. Wilhelm hat uns geholfen, hat Holz besorgt und Kohlen, ja, und dann –«

»Und dann und dann?«

»Dann hat er mich gewärmt, der Wilhelm.«

»Vom Wärmen kriegt man kein Kind.«

»Ach, Hans, es tut mir alles so leid. Soll ich weggehen?«

Er wird laut, schimpft, brüllt.

Molitor macht wieder mal zu viel, denkt Johanna.

»Verdammt nochmal! Uns schickt man in den verdammten Krieg für nichts und wieder nichts – und – und zu Hause vergnügen sich die Frauen mit den Drückebergern!«

»Hans!«

»Ist doch wahr. Verdammter Wilhelm! Und tut noch scheinheilig. ›Ach, Hans, hast du auch überlebt, da wird sich die Hilde aber gefreut haben.‹ Wäre ihm doch recht gewesen, wenn es mich erwischt hätte! Verdammter Wilhelm!«

In der Tür ist Hänschen erschienen, hat die letzten Sätze mitgehört.
»Was ist mit dem Onkel Wilhelm?«
Beide starren ihn an.
»Danke, das war schon sehr gut«, sagt Eisleben. »Herr Molitor, wenn Sie sich bei diesem Ausbruch etwas zurücknehmen, bitte. Es ist eher die Verzweiflung als die Wut, ja!«
»Ja.«
Wagner und Reiter haben die Szene beobachtet.
»Eine Frage, Herr Professor«, sagt Wagner. »Warum sagt er ›verdammter Krieg für nichts und wieder nichts‹? Es ist doch wohl allen klar, welchen Auftrag unsere Soldaten an der Front haben und hatten.«
Johanna kocht schon innerlich. Eisleben bleibt ganz ruhig.
»Er war in Russland, hat sich ein paar Zehen abgefroren, hat gehungert und durch Glück überlebt. Und zu Hause wird vom Freund die Frau geschwängert. Glauben Sie, so jemand spricht euphorisch vom Krieg?«
»Unsere Soldaten haben in den Schlachten, die man uns aufgezwungen hat, ehrenvoll und tapfer gekämpft und den Sieg davongetragen –«
Molitor lacht laut, Wagner lässt sich nicht beirren.
»– sie sind stolz auf ihren Einsatz fürs Vaterland. Sie haben alles gegeben. Manche sogar ihr Leben. Sie sind Helden, und sie wissen, dass sie nicht für ›nichts und wieder nichts‹ gekämpft haben.«
Johanna kann nicht mehr an sich halten.

»Herr Wagner, ich bin Ihre ständige Stänkerei leid. Noch kämpfen Soldaten einen vermutlich hoffnungslosen Kampf. Halbe Kinder werden geschickt. Kanonenfutter nennt man das. Gehen Sie doch hin, melden Sie sich an die Front. Geben Sie Ihr Leben für das Vaterland, statt sich hier herumzudrücken!«
Wagner ist aufgestanden, schickt sich an zu gehen.
»Wer sich hier herumdrückt, Frau Leise, das muss man wohl nicht diskutieren.«
Er geht. Kurzes Schweigen. Johanna ist wütend.
»Konrad, warum sagst du nichts?«
»Was soll ich da noch sagen? Ich habe doch alles gesagt, was zu sagen ist.«
Reiter hat sich alles ruhig angehört. Johanna wendet sich an ihn.
»Herr Reiter?«
Reiter lacht.
»Ein Hitzkopf ist er, unser lieber Herr Wagner, ein Hitzkopf.«

78

Vom 13. bis 15. Februar 1945 wird Dresden von Amerikanern und Engländern bombardiert. Es sterben 25 000 Menschen, 75 000 Wohnungen werden zerstört, ein Großteil der Innenstadt. 70 von 195 zur Deportation vorgesehene Juden können im Chaos entkommen, unter ihnen der Literaturwissenschaftler Victor Klemperer. In Altenburg verlässt Hanspeter Reimer heimlich das Team und macht sich auf den Weg nach Dresden, um seine Mutter zu suchen.

79

Die Bomber, die über die Scheune fliegen, werden immer mehr.
Kuckelkorns sprechen darüber, warum Eisleben ihnen aus dem Weg geht, sie nur kurz, beinahe beiläufig und verklemmt begrüßt hat. Seit Tagen drückt er sich, ihnen zu sagen, ob und wann er sie als Schauspieler brauche. Vermutlich hat er nur seinen guten Willen gezeigt, wohl von Johanna dazu gebracht, sie herauszuholen. Dadurch habe er sein Gewissen beruhigt.
Kuckelkorns sind alleine, haben jetzt zivile Kleidung von Lene Hackbarth bekommen, leben immer noch in dem Schuppen, den Trappel allerdings mit ein paar Handwer-

kern notdürftig bewohnbarer und beheizbar gemacht hat. Außer Johanna, Trappel und Paul Köppel, der regelmäßig Proviant bringt, lässt sich vom Team niemand bei ihnen sehen. So harren sie der Dinge, die da kommen mögen. Itzak versucht behutsam, Ruth einen Hoffnungsschimmer zu versprechen.

Itzak schreibt in ein kleines Tagebuch, das er gerettet hat:

›Sie haben uns vielleicht – einige wider Willen – gerettet. Aber sie können nichts mit uns anfangen. Das hat man ihnen so beigebracht. Eisleben braucht uns als Schauspieler nicht, egal, ob er hier einen Kriegsfilm oder einen Nachkriegsfilm dreht. Er braucht uns für sein Gewissen. Sie meiden uns – auch die, die keine Täter sind –, weil sie mit dem, was an uns geschehen ist, nicht leben wollen oder können. Weil sie hilflos zugesehen oder verschämt weggeschaut haben. Später werden sie das alles nicht wahrhaben wollen, weil sie selbst nicht begreifen, dass sie es zugelassen haben. Allein unsere Anwesenheit, auch wenn es einmal Frieden geben wird, muss sie auf unerträgliche Weise erinnern. Die Schergen werden von den Siegern gerichtet werden. Aber die Mitläufer werden wieder Politik und Kultur machen, oder das, was sie dafür halten. Ihre Schuld wird in ihrer Politik und ihrer Kultur nicht vorkommen. Sie werden sich wieder dem verpflichtet fühlen, was sie für kurze Zeit stark gemacht hat. Dafür werden sie wieder Sündenböcke brauchen. Darum wird es wichtig sein, dass wir da sind, so wir überleben, dass wir im Lande bleiben, als Mahnung sozusagen. Aber brauchen werden sie uns nicht. Und die Schauspielerkollegen, die bereitwillig ihr arisches Gesicht gegen die Fratze des Juden stellten, sie werden ungeschoren davonkommen. Einer der Bereitwilligsten für das Regime, Viktor von Kolkwitz, der hier krampfhaft versucht, uns nicht wahrzunehmen, wird vielleicht damit schwadronieren, dass er sich für die jüdischen Kollegen eingesetzt hat. Er wird, wie auch immer, der Mensch der guten Tat sein. Obwohl es sein kann, dass das in einer neuen Zeit gar nicht als opportun gilt. Eisleben dreht nicht mehr für Goebbels, das spürt man. Er dreht für Churchill. Auch der Fettsack wird nicht unsere Klappergestelle sehen wollen. Nun überleben wir also vermutlich und wissen doch nicht so recht wozu.<

80

Siegfried Weiss, geboren 1900 in Rostock, kommt 1914 bei einem Zimmermann in die Lehre. Eigentlich will er zur See fahren, doch das ist in diesen Zeiten zu gefährlich. Während des Krieges wird er bei der Infanterie eingesetzt. Dort lernt er Kurt Reiter kennen, der ihn schätzt. Nach dem Krieg reist er mit einem Bautrupp quer durch Deutschland. 1924 holt ihn Reiter nach Berlin. Er arbeitet beim Film als Beleuchter und Elektriker, später als Requisiteur. Siegfrieds große Leidenschaft sind Autos. 1930 schließt er sich einer Gruppe von Sensationsfahrern an. Wieder ist er auf Achse. Als Stunt kehrt er 1935 wieder zum Film zurück. Sein Traum, Rennfahrer zu werden, zerschlägt sich durch einen schweren Unfall, den er nur knapp überlebt. Wieder holt ihn Reiter in verschiedene Produktionen, wo sich Weiss schnell als Mädchen für alles sozusagen unentbehrlich macht. Er glänzt durch Ideen und Zuverlässigkeit, er ist kreativ und fleißig. So liegt es auf der Hand, dass Reiter ihn schließlich zum Dreh nach Altenburg mitnimmt. Privatleben, sagt Siggi Weiss, habe er nicht, nie gehabt und nicht gebraucht. Er habe Angst vor jeder Art von Bindung.

81

Joseph Goebbels in einer Rede zur ›Entarteten Kunst‹ am 15. Juli 1939:
»Die Juden sind ohne tiefen Schönheitssinn. Ihre ganze innere Veranlagung ist mehr der Skepsis des reinen Intellekts als der Schau natürlicher Schönheit und ästhetischer Harmonie zugewandt. (…) In dieser negativen Beziehung gibt es auch eine typisch jüdische Kunst. Sie betreibt die Verherrlichung aller Laster und Abnormitäten. Das Unheldische, das Hässliche, Kranke und Verweste wird von ihr zum künstlerischen Ideal erhoben. Wir kennen diese pathologischen Abarten des Kulturlebens unter dem Begriff der entarteten Kunst. Sie war

dem eigentlich jüdischen Wesen am gemäßesten. Und wir sehen denn auch die Juden auf allen Gebieten unseres Kunstlebens als die energischsten Vertreter dieser Abirrung der deutschen Kultur. Wo Deutsche sich ihr zur Verfügung stellten, da entweder aus Mangel an Instinkt oder an Mut, an Widerstandskraft oder auch an rein fachlichem und handwerklichem Können.«

82

Johanna und Joseph Kunert, gute Freunde aus alten Zeiten, machen einen Winterspaziergang. Die Heide ist tiefverschneit, der Schnee deckt den Krieg zu, selbst die liegengebliebenen Wracks von Fahrzeugen und Flugzeugen liegen unter weißer Watte.

»Ich hoffe so sehr, dass meine Eltern schon in der Schweiz sind. Wenn das hier zu Ende ist, geh ich auch dorthin – erstens, um sie zu suchen, zweitens, um dort zu leben.«

»Mich hält hier auch nichts mehr.«

»Ich hasse dieses Land, Joseph, zutiefst hasse ich es. Ich will hier weg.«

»Und dein Mann? Was wird er dazu sagen?«

»Ich weiß es nicht. Wirklich, ich kann es dir nicht sagen.«

»Eisleben wird immer ein zutiefst deutscher Regisseur sein. Willst du dich von ihm trennen?«

»Ach Gott, Joseph, ich bin ziemlich desillusioniert. Ja, ich habe ihn geliebt. Ja, ich bekomme ein Kind von ihm. Ja, ich kann mich an gute Zeiten erinnern, wo etwas zwischen uns war – vielleicht sogar Liebe.«

»Vielleicht?«

»Letztendlich sind wir nur noch eine lebensrettende Zweckgemeinschaft.«

»Das klingt hart.«

»Es ist hart. Ich glaube, ehrlich gesagt, nicht mehr an eine gemeinsame Zukunft. Ich sehne mich so sehr nach einem neuen, anderen Leben – vielleicht nicht einmal mit diesem Beruf.«

»Nein, Johanna, sag das nicht. Du bist großartig. Du bist – wie wir alle hier – unterfordert. Du könntest in Amerika sofort eine große Karriere machen. Wer, wenn nicht du? Es werden bessere Zeiten kommen, und du wirst die großen Rollen spielen.«

»Ich weiß aber nicht, ob ich das noch will, Joseph.«

»Du musst weiterspielen, Johanna, bitte, bitte!«

»Kann ich nicht Sennerin werden auf der Alm deiner Eltern?«

»Ach, Johanna!«

83

Hänschendarsteller Adolf und Johanna gehen zu Kuckelkorns. Der Junge ist neugierig. Er hat noch nie Juden gesehen, weiß nur von den Erwachsenen, dass die am Krieg schuld sind und damit an der Tatsache, dass sein Vater in Russland gefallen ist. Andererseits hat es im Dorf den alten Schuhmacher Graf gegeben, den Adolf, wie alle Kinder, sehr gern hatte. Der soll plötzlich Jude gewesen sein. Da kamen eines Tages Männer und haben ihn und seine Frau aus dem Haus gezerrt, auf einen Wagen geladen und weggefahren. Sehr grob sind sie mit ihnen umgegangen. Adolf hat bitterlich geweint. Alle im Dorf haben zugesehen, keiner hat den beiden geholfen. Sie kommen in ein Lager, hieß es. »Die kommen nach dem Krieg wieder«, hat Adolfs Mutter gesagt.

Und nun sind da in dem Schuppen neben der Scheune zwei Juden, ein Mann und eine Frau. Adolf hat gesehen, wie man sie gebracht hat. Köppel hatte sie auf dem Transporter hintendrauf. Sie hatten gestreifte Anzüge an. Und sie waren sehr dünn. Zwei Männer in Uniform und mit Gewehren passten auf, dass sie nicht davonliefen. Die fuhren mit einem Jeep wieder weg.

»Komm, Hänschen, wir begrüßen die neuen Gäste. Das sind Schauspieler wie du und ich und Molitor und alle anderen, die du schon kennengelernt hast.«

»Aber das sind doch Juden.«

»Ja. Aber es sind Menschen wie wir alle.«

»Ich hab aber Angst vor denen.«

»Das brauchst du nicht, komm.«
Sie nimmt ihn an der Hand, stellt ihn Kuckelkorns vor, die sehr freundlich mit ihm sind. Itzak, der gerade das Dach des Schuppens notdürftig repariert, bittet ihn, ihm zu helfen, ihm Sachen nach oben zu reichen. Begeistert macht sich der Junge nützlich. Es fehlt ein Stück Dachpappe. Adolf weiß Rat und rennt los, rüber zu den Flugzeugwracks. Mit einem großen Stück Dachpappe kommt er zurück. Johanna überlässt ihn den Kuckelkorns, er ist dort angekommen.
»Konrad, du musst was tun. Kuckelkorns brauchen Arbeit, sie sind hier als Schauspieler. Bitte, tu was! Dreh was mit ihnen, irgendwas, egal, was du später damit machst.«
Eisleben macht Johannna klar, dass es für Kuckelkorns besser ist, wenn man nicht mit ihnen dreht. Solange er noch vor sich habe, mit ihnen zu drehen, so lange seien sie davor sicher, dass Reiter sie zurückbringen lässt, was er dann kaum verhindern könnte.
Auch Reiter will von Eisleben wissen, was man jetzt mit den Juden mache. Allzu lange wolle er die nicht durchfüttern, die Lebensmittel seien knapp, man sollte also möglichst mit ihnen abdrehen und dann ab damit, wo sie hergekommen sind. Johanna will bereits eingreifen, sie schäumt vor Wut. Eisleben beschwichtigt sie. Reiter legt nach. Er beobachte das nun schon seit einiger Zeit, was Eisleben hier durch ständige Verzögerungen anstrebe, wie er die vorgezeichnete Linie verlasse. Das werde er nicht weiter mitmachen, könne das auch nach oben nicht mehr

verantworten. Entweder würde jetzt das mit den Juden gedreht oder er stoppe hier alles. Wagner grinst.
Eisleben bleibt ruhig, lässt sich auf solche Drohungen schon seit einiger Zeit nicht mehr ein, denn er ahnt ja, nein, er weiß, dass auch Reiter heimlich nicht mehr an einen Sieg der Deutschen glaubt, er aber hier den starken Mann spielen muss, auch vor seinem Assistenten Wagner. Eisleben findet wieder einen Ausweg. Mit diesen abgemagerten Menschen könne er doch nicht die Szene mit den Juden drehen, die sich in einem Versteck durchgefressen haben. Reiter geht leise fluchend weg. Johanna nimmt Konrad in den Arm.
»Das hast du gut gemacht. Ich musste mir sogar das Lachen verkneifen. Komm, lass uns zu Kuckelkorns gehen. Sie haben so viel zu erzählen.«

84

Während das Propagandaministerium von einer erfolgreichen Ardennenoffensive gegen die Amerikaner und Engländer spricht, was Wagner groß verkündet, hört Seibert heimlich im englischen Radiosender, dass die Offensive gescheitert ist und die Alliierten in Luxemburg stehen und auch bereits die Stadt Aachen eingenommen haben. Als Mitte Januar die Rote Armee nicht nur die polnischen Gebiete, sondern auch die größten Teile Deutschlands öst-

lich der Oder erobert, was wiederum das Ministerium nicht wahrhaben will, glaubt hier in der Heide wohl niemand mehr, dass dieser Krieg zu gewinnen ist. Eisleben ist entschlossener denn je, seine Version dieses Films um jeden Preis zu verfolgen, um das weiße Tuch aus dem Fenster hängen zu können. Reiter ist nachdenklich geworden, er hält sich zurück, obwohl ihm natürlich ganz klar ist, was Eisleben betreibt. Es wird ihm selbst wohl auch nützen, sagt er sich insgeheim. Als ranghoher Soldat des Krieges von 1914/18 weiß er die wahre Lage des Landes einzuschätzen. Stalingrad war die Wende, von der wird sich das Reich nicht mehr erholen. Vor den Siegern, die über kurz oder lang vor der Tür stehen werden, will er als unbescholtener Künstler erscheinen. Also ist er gewillt, Eisleben gewähren zu lassen. Nur der unverbesserlich fanatische Wagner tönt noch von Wunderwaffen und Endsieg und einer folgenden goldenen Epoche. Weihnachten stellte er im Büro einen Christbaum auf, behangen mit Hakenkreuzfähnchen. In der Garderobe fand eine kleine Weihnachtsfeier statt, zu der Eisleben und Johanna ein paar besinnliche Texte vorlasen. Die friedliche Stimmung wurde durch die häufigen Bomberüberflüge getrübt.
Mitte Februar verliert ein Flugzeug eine Bombe, die auf einem nahen Feld einen Krater aushebt. Eisleben will eine Szene für dieses Motiv schreiben. Spielende Dorfkinder.

85

Er müsse sich natürlich bei ihnen, Kuckelkorns, dafür entschuldigen, dass er jetzt erst zu ihnen komme, und andererseits wolle er aber auch um Verständnis bitten. Man setze ihm seitens der Produktionsleitung noch sehr zu, was ihre Anwesenheit betrifft. Seine Absicht, hier einen Film zu drehen, der nicht mehr den Erwartungen der Auftraggeber – oder er könne auch sagen des Auftraggebers – entspricht, befinde sich noch in einem Anfangsstadium, so dass es nicht einfach gewesen sei, sie herzuholen. Das habe einiges an diplomatischem Geschick erfordert. Nun aber sei er froh und glücklich, sie hier zu wissen. Sie seien auch von seiner Seite aus herzlich willkommen.

Mein Gott, denkt Johanna, was er wieder herumeiert, sich windet, statt zu sagen: ›Schön, dass ihr da seid, machen wir das Beste daraus, willkommen auf der Arche Noah, hier seid ihr sicher.‹ So ist er. Typisch Eisleben. Das ist auch das in Jahren der Anpassung und des Taktierens angesammelte schlechte Gewissen, denkt Johanna.

Kuckelkorns haben ihn herzlich empfangen. Sie bieten überhaupt keinen Anlass, solche umständlichen Wortgeschwülste zu produzieren. Sie sind da, sind froh darüber, herzlich, offen, was wahrlich großartig ist, gemessen an dem, was sie durchgemacht haben. Sie haben vor Jahren mal mit Eisleben gearbeitet. Sie haben seine Karriere verfolgt, diesen Marsch durch einen Tunnel, der einen vor dem Blick auf die Landschaft bewahrt.

Man danke ihm sehr, wisse seinen Einsatz zu schätzen,

freue sich, die liebe Johanna in der Nähe zu wissen. Er müsse sich keine weiteren Gedanken um sie machen, es gehe ihnen gut, sie hätten selbstverständlich keine weiteren Erwartungen an ihn, was die Arbeit betrifft.
»Wir müssen abwarten, wie sich die Dinge entwickeln. Hier stecken noch zu viele jahrelang gezüchtete Illusionen in den Köpfen. Die Quintessenz ist, je später wir miteinander arbeiten, desto größer ist unsere Freiheit. Darum bitte ich Sie um Geduld.«
Viel Zeit nimmt er sich nicht. Er hat es eilig wegzukommen. Man möge ihn entschuldigen, er müsse zu einer Probe, er hoffe aber, dass alles für ihr Wohlbefinden getan werde. Kuckelkorns verabschieden ihn so herzlich, wie sie ihn empfangen haben. Er geht.
Ein Abschied, denkt Johanna, wie für eine lange Zeit. Sie bleibt da und bricht plötzlich in Tränen aus. Kuckelkorns versuchen, sie zu trösten, können sich allerdings denken, was in ihr vorgeht.
»Was ist das für ein Mensch, sagt es mir, was ist das für ein Mann!?«
Itzak versucht behutsam eine Erklärung.
»Eisleben hat sich frühzeitig mit dem System eingelassen, in gutem Glauben. Für einen Intellektuellen wurde das mit zunehmender politischer Radikalisierung eine komplizierte Sache. Nicht umsonst sind viele kluge Menschen gegangen, wollten den Weg, der da eingeschlagen wurde, nicht mitmachen. Eisleben war ehrgeizig, verhielt sich unpolitisch und sah seine Karrierechancen. Je länger dieser Prozess dauerte, desto schwieriger wurde es, die

negativen Nebenerscheinungen auszublenden, das menschenverachtende Verhalten der Handlanger und der Vordenker zu ignorieren. Also versuchte ein Eisleben zunächst, die Dinge zu entschuldigen und dann sie nicht mehr wahrzunehmen. So konnte ein guter, kluger Mensch wie er in dem System, das ja auch die Kultur beherrscht, so weit kommen. Es ehrt ihn, dass er jetzt eine Kehrtwendung macht. Sie sichert seine Zukunft und unser aller Überleben.«

»So jemand muss ein Zyniker werden«, sagt Ruth, »anders ist das nicht auszuhalten.«

»Ihr habt in allem recht«, sagt Johanna, »ich weiß auch nicht, warum ich mit diesem Mann zusammen bin – ach, lassen wir's, man ändert ihn nicht, da ist alle Liebesmüh vergeblich. Wundert euch nicht, wenn ich eines Tages weg bin. Aber, was um Gottes willen ist mit den Kindern – oder wollt ihr darüber nicht sprechen?«

Beide schweigen, starren auf den Boden.

»Johanna«, sagt Ruth, »es gibt Dinge, die so schrecklich sind, dass es einem die Kehle zuschnürt, wenn man darüber reden will. Bitte – versteh – vielleicht später, jetzt können wir es nicht.«

Sie nimmt Johanna in die Arme, Itzak umarmt beide, so verharren sie für einen Moment. Ein ergreifendes Bild, von dem Eisleben unverzüglich sagen würde, das müsse man unbedingt drehen.

86

Endlich ist Rückpromaterial von Andergast gekommen. Im Vorführraum schauen sich Eisleben, Klick, Wagner und Reiter das Material an. Eisleben ist begeistert von zerbombten Straßenzügen, hungernden Menschen, die sich über ein totes Pferd hermachen, über Leichen, die am Straßenrand liegen oder abtransportiert werden, über Häuser, deren Fronten zerstört sind, so dass man in die Wohnungen schauen kann, über uniformierte SA-Leute, die Menschen aus Kellerlöchern zerren. Man sieht ausgebrannte Straßenbahnen, aufs Pflaster hängende Stromkabel, eine zusammengestürzte Brücke, einen zerstörten Bahnhof. Menschen irren durch die Straßen, gegen den Gestank der Leichen und den Brandstaub mit Brillen, Tüchern und Gasmasken versehen. Eislebens Augen strahlen. Immer wieder stößt er kleine Entzückensrufe aus. Würde ihn Johanna jetzt sehen, sie wäre sehr erschrocken. Wohlweislich wollte sie das Material in so geballter Form nicht sehen. Ohnehin wird sie sich der Wirkung beim Drehen nicht entziehen können.

»Was wollen Sie damit anfangen?«, fragt Reiter, auch sichtlich erschüttert.

»Ich sagte es doch schon: Das ist die Realität, in der die Menschen jetzt leben. Ihnen trotz dieser Grässlichkeiten Mut zum Neubeginn zu machen, das muss unsere Aufgabe sein. Wenn ich mich nicht irre, war das auch die Auffassung des Herrn Propagandaministers. Jedenfalls: große Leistung von Andergast, nicht wahr, Herr Klick?«

Henning Klick, sichtlich ergriffen von dem, was er gesehen hat, nickt zustimmend.
»Erlaube mir zu fragen«, sagt Reiter, »was wir mit diesen Großstadtrückpros anfangen, wenn unser Film doch auf dem Dorf spielt?«
Eisleben antwortet wie aus der Pistole geschossen, denn genau auf diese Frage hat er gewartet.
»Wilhelm kommt von der Front zurück, wird in Berlin abgesetzt. Er geht durch die Straßen, muss sich ja irgendwie nach Krahwinkel durchschlagen. Er sucht Verwandte, findet deren Haus zerstört vor. Er sieht das Ausmaß an Zerstörung, das Elend – wie wir es gerade gesehen haben. Und dann später der Kontrast zum kaum vom Krieg betroffenen Dorf.«
»Davon ist im Konzept des Ministeriums keine Rede«, sagt Wagner.
»Wir haben schon vieles gedreht, Herr Wagner, was nicht in diesem Konzept steht, und wir werden noch einiges drehen.«
»Wenn wir genug Material haben.«
»Wir haben das Material«, sagt Eisleben und klatscht in die Hände. »Gut, meine Herren, dann wollen wir alles vorbereiten, um die Eingangsszene neu zu drehen.«

87

Vor dem Haus, im Innenhof, auf einer Bank, sitzt Hilde Weimar. Sie strickt. Neben ihr sitzt Hänschen und starrt vor sich hin. Ein Teil des an das Haus angrenzenden Schuppens ist abgebrannt, das Dach beschädigt, das Hoftor geöffnet. Traurige Gestalten, heimkehrende Soldaten, gehen draußen auf der Straße vorbei. Einer, Hans Weimar, löst sich aus der Schlange und kommt in den Hof. Er bleibt stehen, schaut sich um. Hilde sieht und erkennt ihn. Sie springt auf, rennt auf ihn zu. Hänschen bleibt sitzen.

»Hilde!«

»Hans! Mein Hans, da bist du ja – bist du's denn wirklich?«

»Na, wer sonst?«

Er nimmt sie in die Arme, schaut über ihre Schulter, sieht Hänschen.

»Hänschen, mein Junge, was bist du groß geworden!«

Er geht auf den Jungen zu, beugt sich zu ihm herunter, schaut ihn an, erschrickt.

»Hänschen, ich bin's, dein Papa.«

»Papa, ja, Papa, da bist du.«

»Aber – aber – was –?«

Hilde kommt dazu.

»Er ist blind. Der Bombenangriff. Das Feuer.«

»O mein Gott!«

»Sie können nichts machen. Ein Schock, sagen sie.«

Er setzt sich zu Hänschen auf die Bank.

»Papa, fahren wir mal mit dem Motorrad nach Berlin?«

»Danke, das war schon sehr gut. Herr Molitor, zwei Dinge. Der Auftritt dürfte stärker, emotionaler sein. ›Hilde!‹, das heißt auch, da ist sie, sie ist wohlbehalten, seine Hilde – und dann das Erschrecken, das erst Ahnen, dann die furchtbare Gewissheit. Der Junge ist blind. Geben Sie da ruhig etwas mehr. Leidenschaft, Herr Molitor, Leidenschaft.«

»Leidenschaft, gut, Professor, können Sie haben.«

Er schreit das Wort mehrfach tuntig heraus, tänzelt, sehr zum Vergnügen des Teams. Alle lachen.

»Leiheiheiheiheidenschaaaaft, es ist die Leidenschaft, die Leiheiheiden schafft!!«

Auch Eisleben muss lachen, was selten genug passiert.

»Ja, Herr Molitor, ungefähr so.«

88

Joseph Kunert ist 1910 in Graubünden geboren und auf der Alm seiner Eltern aufgewachsen. Früh zieht es ihn in die Stadt. Er will Schauspieler werden. Schon als Jugendlicher ist er Mitglied im Ensemble eines kleinen Züricher Theaters. 1930, nach Absolvierung des Wehrdienstes, reist er einer deutschen Schauspielerin hinterher nach Berlin. Dort zerbricht zwar sehr schnell die Liebesgeschichte, aber Joseph macht Karriere beim Film. Er spielt in zahlreichen Komödien wahlweise den ›verliebten Schweizer‹

oder den alemannischen Hinterbänkler. Die Rolle des geprellten, missverstandenen oder abgewiesenen Liebhabers wird zu seinem Markenzeichen. Als er 1938 mit Johanna Leise in einem Film ein Liebespaar spielt, verliebt er sich tatsächlich in Johanna. Sie erwidert diese Liebe nicht, aber es entsteht eine wertvolle Freundschaft. Die erweist sich auch beim Dreh zu ›Krahwinkel‹ als beständig. Immer wieder heult sich Johanna bei Joseph Kunert aus – über Molitor, über Eisleben, über das Leben in diesen Zeiten.

Die Rolle des Wilhelm ist nach längerer Zeit eine ernste Rolle für Kunert.

Mit dem Kriegsdienst hat der Schweizer Staatsbürger nichts zu tun. Aber Joseph weiß, dass er nach dem Ende dieser Dreharbeiten, Endsieg hin oder her, dieses Land verlassen wird, Richtung Schweiz.

89

Eine Straße im zerbombten Berlin. Eine der Rückprojektionen, die Andergast geschickt hat, die Eisleben zutiefst begeistert. Bettelnde Frauen, Leichen, tote Pferde, Trümmer allenthalben. Wilhelm, in Uniform, ein Bündel über der Schulter, kommt in die Straße, bleibt stehen, schaut sich um, geht ein Stück weiter, bleibt vor der Ruine eines Hauses stehen, sieht die aufgerissene Fassade, ein halbes

Wohnzimmer. Eine alte Frau begegnet ihm. Er will sie ansprechen, sie flieht förmlich in einen noch heilen Hauseingang. Wilhelm steht vor dem Eingang, schaut auf die Klingelschilder, die halb aus der Wand hängen. Er geht weiter. Vor einem Haus schlachten Menschen ein totes Pferd aus. Wilhelm geht weiter, sieht in einer Ruine einen steinernen Soldaten mit Gewehr, betrachtet ihn, geht weiter, ist erschöpft, setzt sich auf einen Stein, weint.
Beifall des Teams.
»Danke«, sagt Eisleben, »sehr gut, sehr beeindruckend.«
Kunert lächelt.

90

Trotz der sich häufenden Bomberüberflüge und einzelner Bomben, die in der Nähe einschlagen, ordnet Eisleben am Abend einen Probedurchlauf für die Fortsetzung der Heimkehrerszene an. Reiter und Wagner sind dagegen, setzen sich aber nicht durch. Molitor, voller Angst, ist unkonzentriert, was Johanna nervt. Die Bomber überfliegen die Scheune im Minutentakt. Reiter schreitet ein, befiehlt Verdunkelung. Weiss weigert sich, ins Gebälk zu steigen, um die Scheinwerfer auszuschalten. Wütend, fluchend, auf die Engländer schimpfend, klettert Wagner hinauf. Im Tiefflug fliegt ein Jagdbomber über die Scheune. Es macht einen Schlag, eine Bombe trifft einen Teil der Scheune.

Dunkel, Schreie, alle rennen nach draußen. Der Dachstuhl brennt, Balken stürzen herab. Nach einiger Zeit – die Bomberüberflüge haben aufgehört – kommen alle wieder in die Scheune. Der Schaden ist überschaubar, es hat nur den hinteren Teil der Scheune beschädigt. Da es heftig geregnet hat, ist das Feuer versiegt, ein Stück vom Dach ist weggerissen, man sieht den Himmel. Über einem Balken hängt ein Toter: Wagner. Entsetzen.

»Holt ihn runter, mein Gott!«, befiehlt Reiter.

»Moment«, sagt Eisleben. Da ist wieder dieser leicht irre Blick, denkt Johanna. Sie ahnt schon, was er denkt und sagen wird. Sie will die kommende Auseinandersetzung nicht miterleben. Sie geht hinaus, zum Schuppen zu Kuckelkorns.

»Gott sei Dank seid ihr wohlbehalten.«

»Wir sterben nicht durch Bomben«, sagt Itzak.

Bei Kuckelkorns ist Adolf alias Hänschen. Er ist dorthin geflohen, als die Bomber kamen. Völlig aufgelöst kommt seine Mutter, Anna Lechner, froh, ihn hier zu finden.

In der Scheune möchte Eisleben »die vom Schicksal so eingerichtete Szenerie«, wie er sagt, benutzen und sofort drehen. Klick zögert. Reiter schaut Eisleben entgeistert an.

»Sind Sie wahnsinnig?! Erst wird die Leiche geborgen.«

»Die Leiche – Sie verzeihen – gehört zur Szenerie. Wir hätten nicht die Mittel, uns das so herzustellen. Wir müssen das für die Heimkehrerszene nutzen.«

»Das ist Leichenschändung. Das hat der arme Wagner nicht verdient.«

»Das ist vielleicht das Beste, was der für diesen Film geleistet hat«, sagt Seibert.

Entsetztes Schweigen allenthalben. Reiter starrt Seibert entgeistert an, dann Eisleben, dann Klick und wieder Seibert. Dann bricht es aus ihm heraus. Er schreit und tobt.

»Sie gehen an die Front. Noch heute. Sie haben hier nichts mehr zu suchen, wenn Ihnen der Einsatz des Lebens fürs Vaterland dieses jungen Mannes nicht mehr wert ist als eine solche Bemerkung.«

Eisleben will beruhigend einwirken.

»Niemand geht an die Front. Er hat das nicht so gemeint. Es tut ihm leid, nicht wahr, Herr Seibert?«

Der nickt, stottert etwas, ist selbst entsetzt über seine Bemerkung. Reiter geht hinaus und kommt nach kurzer Zeit wieder.

»Ich wiederhole es, Herr Köppel wird Herrn Seibert an die nächste Freiwilligenmeldestelle bringen. Herr Eisleben, bitte behindern Sie nicht diesen Befehl.«

»Herr Reiter, wir befinden uns nicht an der Front. Hier gibt es keine Befehle zu erteilen. Herr Seibert hat sich bereits entschuldigt – ich sehe nicht –«

Plötzlich zieht Reiter seine Pistole aus der Tasche. Alle erschrecken, auch Johanna, die gerade mit Hänschen an der Hand wieder in die Scheune kommt.

»Nun können Sie mich aber alle mal kennenlernen. Ich habe hier für Ordnung zu sorgen. Ich werde das durchsetzen! Herr Seibert geht!« Zur Bekräftigung schießt er in die Luft.

»Herr Reiter, um Gottes willen, lassen Sie das!«, ruft Eisleben.

Seibert geht zu Köppel, beide verlassen die Scheune. Reiter steckt seine Pistole weg, lächelt.

»Na also.«

Er geht. Eisleben bricht alles ab. Hänschen steht da und starrt hinauf zum toten Wagner.

91

»Herrgott, warum kannst du denn das Maul nicht halten!?«

Köppel sitzt am Steuer, Seibert zerknirscht neben ihm.

»Es ist mir rausgerutscht.«

Sie fahren durch die verschneite Heide.

»Was soll ich denn jetzt machen mit dir?«

»Ich weiß es nicht.«

»Du willst doch nicht an die Front, oder?«

»Um Gottes willen, nein, aber was –«

»Du musst untertauchen, dich irgendwo verstecken.«

»Aber wo?«

»Ich hab da eine Idee. Warte ab.«

Sie schweigen. Köppel beginnt vor sich hin zu pfeifen. Die Idee, die er Seibert zunächst einmal nicht verrät, stimmt ihn fröhlich und zuversichtlich.

»Dass du so ein blödes Arschloch bist, Franz! Du weißt

doch, wie der Reiter ist. Ich meine, du hast ja recht – aber – blöder Hund, mein Gott nochmal.«

Er lacht. Dem schließt sich Seibert gequält an. Sie fahren durch Altenburg, weiter ein Stück über Land, kommen endlich zu einem einzeln in der Landschaft stehenden Gehöft, zu Hof und Schreinerei Hansen. Köppel steigt aus, bedeutet Seibert sitzen zu bleiben, geht ins Haus.

Begeistert ist Hansen von der Idee nicht, Seibert zu verstecken. Kornbichler schnüffle überall herum, man müsse vorsichtig sein. Hansens Frau und Martha, die von Köppel umschwärmte Tochter, überreden Hansen schließlich. Seibert wird in einer Kammer auf dem Getreidespeicher untergebracht. Auf dem Tisch der Hansens liegt ein Schreiben. Erwin, der Verlobte von Martha, ist gefallen.

92

Joseph Goebbels am 14. März 1944 im Tagebuch:

»Der Führer ist der Überzeugung, dass, so schlimm der feindliche Luftterror augenblicklich, insbesondere für unsere mittelalterlichen Städte, ist, er doch auch insofern etwas Gutes hat, als er diese Städte überhaupt für den modernen Verkehr aufschließt. Eine Stadt wie Regensburg beispielsweise würde doch in absehbarer Zeit ein Museumsstück werden. Solche Städte würden sich einer gesunden Entwicklung unseres modernen

Verkehrs- und Wirtschaftslebens nur immer wieder hindernd in den Weg stellen.«

93

Am 26. Februar 1945, einem Montag, erreichen 1184 US-Bomber Berlin und werfen 1628 Tonnen Sprengbomben und 1258 Tonnen Brandbomben ab. In der Scheune in Altenburg überwacht Reiter mit gezogener Pistole das Bergen der Leiche Wagners.

94

»Wenn du das hier mit allen Mitteln durchziehen willst, was ich verstehe und akzeptiere, dann musst du auch zum Äußersten bereit sein. Du musst diesen Reiter entmachten. Es geht nicht, dass der hier herumschießt und uns alle bedroht. Ich stehe nicht mehr als Darstellerin zur Verfügung, bis Reiter seine Pistole abgegeben hat.«
Johanna ist wütend und Eisleben genervt, aber auch ratlos.
»Was kann ich tun? Er kann hier jederzeit alles abbrechen – dann – ich darf nicht daran denken.«

»Das wird er nicht tun. Dazu ist er viel zu sehr Opportunist. Du bist der Chef – nicht er. Und weißt du, was ich glaube? Der muss jetzt nach außen hin die Rolle übernehmen, die er Wagner überlassen hatte. Du musst mit ihm sprechen.«

Er habe ja, sagt Eisleben, schon das Gefühl gehabt, dass Reiter sehr wohl auch auf die Möglichkeit spekuliert, dass es statt eines Endsiegs die große Niederlage geben kann. Ja, er werde mit Reiter reden. Um keinen Preis werde er sich das hier kaputt machen lassen. Seibert habe mit seiner Äußerung der Sache natürlich einen Bärendienst erwiesen.

Man hat die Leiche von Wagner bereits abgeholt und das Dach notdürftig repariert. Eisleben will drehen. Eine Bahnhofsszene soll aufgebaut werden, ein Bahnsteig, hinter dem eine Rückprojektion eines teilweise zerstörten Bahnhofs läuft. Hier sollen Hans Weimar und andere ankommen. Ehe die Szene mit den Schauspielern gedreht wird, ruft Eisleben das ganze Team zusammen. Das kennt man schon, der Chef hat was zu sagen, neue Perspektiven.

»Herr Reiter, ich bitte Sie, die Pistole abzugeben, wir fühlen uns alle bedroht«, sagt Eisleben.

»Und wem sollte ich sie bitte schön geben?«

»Mir natürlich.«

»Warum das – dann fühle ich mich ja bedroht.«

»Ich bin Pazifist. Ich schieße nicht.«

Diesen Pazifismus kenne er. Von den Sozialdemokraten, die sich vor Kriegseinsätzen drückten. Er wolle Eisleben nicht zu nahe treten, meine nicht direkt ihn, aber man werde doch den Eindruck nicht los, dass dieser Pazifismus nichts als eine schlaue Ausrede ist. Er sehe keine Garantie, wenn er die Pistole in andere Hände gebe, dass nicht doch geschossen werde. Außerdem sei das eine Dienstpistole, die er offiziell trage, um sie alle im Ernstfall schützen zu können. Eisleben muss sich sehr beherrschen. Schon bereut er es, das Gespräch nicht mit Reiter alleine gesucht zu haben. Weiss macht jetzt einen Vorschlag. Reiter soll ihm die Pistole geben, er werde sie vor aller Augen an einem Seil oben ins Gebälk ziehen, die Schnur oben befestigen und dann kappen. So geschieht es. Überflüssig zu sagen, denkt Johanna, dass Eisleben auch das gerne drehen würde. Da hängt sie nun, Sinnbild der hochgehängten Gewalt und Damoklesschwert zugleich. Reiter und Eisleben geben sich die Hand. Man kann auf dem künstlichen Bahnsteig mit der tristen Kulisse im Hintergrund die Szene der heimkehrenden Soldaten drehen. Es sind traurige, magere Gestalten, die da kommen. Nur Molitor, der Dicke, fällt auf, was dann ja, denkt Eisleben, auch einen Sinn hat. Die Ankommenden werden von niemandem abgeholt. Die Szene hat nichts mehr von einem begeisterten Siegestaumel. Der halbzerstörte Bahnhof vermittelt Tristesse. Reiter äußert sich zu dieser neuen Variante der Heimkehrerszene nicht. Im Laufe des Tages zeigt er Größe, indem er Seibert zurückholen lässt.

»Hol ihn da wieder ab, wo du ihn hingebracht hast, ist ja nicht weit«, sagt er zu Köppel.

»Wird gemacht, Chef!«

»Und grüß mir den Schreiner Hansen.«

Er grinst.
Eisleben ahnt, dass jetzt von Reiter wohl kein Bremsen mehr ausgehen wird. Der hat seinen Auftritt gehabt, den er dem toten Wagner schuldig war, jetzt hat er endgültig verstanden, um was es nur noch gehen kann: Überleben auf der Arche Noah.

95

Ludwig Trappel, geboren 1894, aufgewachsen in der Münchner Innenstadt, der Au, beginnt 1908 eine Schreinerlehre in der Werkstatt des Vaters. Die Arbeit macht Ludwig keinen Spaß, zumal der Vater streng und ausbeuterisch ist. Der Junge sucht andere Eindrücke und findet in der Bewunderung für einen Nachbarn seine frühe Erfüllung. Der Bewunderte hat auch Schreinerei gelernt, tritt aber mit lustigen und grotesken Sketchen in Gastwirtschaften und auf kleinen Bühnen auf. Ludwig besucht alle Auftritte, soweit es die Arbeit zulässt. Der Vater bezeichnet diesen Karl Valentin als Spinner, der, weil ein schlechter Schreiner, sich das Geld durch solchen Unsinn verdienen muss. Ludwig irritiert das Urteil des Vaters nicht, und als Karl Valentin ihn einmal zu Filmaufnahmen mitnimmt, ist es um ihn geschehen. In diese Welt will er auch. Doch davor steht erst einmal der Krieg.
Ab 1912, Ludwig ist jetzt achtzehn, nimmt ihn der Vater

regelmäßig mit ins Brauhaus. Ein vollwertiger Mann und trinkfest soll der Junge werden, trinkfest wie der Vater. Im Brauhaus taucht eines Tages ein junger Mann auf, der selbstgemalte Postkarten verkauft. Landschaften und Münchner Gebäude und Plätze. Rathaus, Marienplatz, Viktualienmarkt, Feldherrnhalle, immer wieder die Feldherrnhalle. Der Vater kauft dem ›armen Teufel‹ ein paar Postkarten ab.

Wo er denn herkomme, will der Vater wissen. Zuletzt sei er in Wien gewesen, aber es sei dort schwer mit der Kunst, alles verjudet. Nun sei er voller Hoffnung nach München gekommen, aber auch hier sei es schwer. So finde er trotz langer Suche kein Zimmer, geschweige denn eine Wohnung.

Am Nachbartisch mischt sich ein bebrillter Herr mit Hängepfeife, im Alter des Vaters, ein.

Verjudet, so der Mann, sei München auch. Und wenn er eine Wohnung suche, dann solle er doch zu den Juden gehen, die hätten die großen Wohnungen, die Häuser und das Geld und die Aktien, ja und auch die Kunst in Händen.

Ob man das nicht ändern müsse, fragt der junge Mann.

»Machen Sie das, junger Mann, das ist wichtiger als das Bildchenmalen.« Spricht's und geht.

Wer das denn gewesen sei, will der junge Mann wissen. Das ist der Dr. Ludwig Thoma, der Dichter. Der, wirft ein anderer Gast ein, bewohne übrigens in der Kaulbachstraße eine Zehnzimmerwohnung, alleine. Den solle der junge Mann doch einmal fragen, ob er kein Zimmer für ihn habe.

Zehn Jahre später, Ludwig hat den Kriegseinsatz heil überstanden, besucht der Vater mit dem Sohn eine Veranstaltung im Zirkus Krone. Dort spricht der Postkartenverkäufer von damals. Der Vater ist begeistert von diesem Adolf Hitler.
Ludwig verspürt Unbehagen. Er mag diese lauten Töne nicht, vielleicht auch, weil der Vater sich so bedingungslos zum Bewunderer und Verherrlicher dieses Mannes macht und im Laufe der Jahre sein glühendster Anhänger wird.
Wiederum durch Karl Valentin ist Ludwig zum Film gekommen, hat den Wechsel vom Stummfilm zum Tonfilm mitgemacht und sich zum gefragten Ausstatter hochgearbeitet. Viele Regisseure schätzen ihn, arbeiten mit ihm, so dass Ludwig sozusagen durcharbeitet, ohne in den Krieg zu müssen. So liegt es schließlich auf der Hand, dass Ludwig Trappel zu Eislebens Film in die Heide geholt wird. Politisch hält er sich zurück und hat das Glück, dass man mit seiner Arbeit so zufrieden ist, dass er sich nicht andienen muss.
Was niemand weiß, in der Schweiz wartet auf Ludwig Sarah, seit fast zehn Jahren seine große heimliche Liebe, eine Jüdin, die rechtzeitig mit den Eltern geflohen ist. Wenn diese Arche Noah einmal auf festen Grund läuft, wird Ludwig Trappel wohl ein Schweizer werden. Nur Joseph Kunert, der Schweizer, weiß von diesem Geheimnis. Sie werden gemeinsam gehen.

96

»Meine deutschen Volksgenossen und Volksgenossinnen! Die feindlichen Mächte, angetrieben vom Gegeifer der Einpeitscher des internationalen Judentums, das keine Friedfertigkeit kennt, konnten dieses deutsche Volk nicht in die Knie zwingen. Ihr satanisches Ziel der Zerstörung der Welt haben sie nicht erreicht. Von deutscher Heldenhaftigkeit, einer Tugend, die nur dem deutschen Volke innewohnt, niedergerungen, liegen sie jetzt nach Vergebung winselnd im Staub der Geschichte. So wie der Führer am 20. Juli 1944 mitten unter Toten, Schwerverwundeten und Trümmern unversehrt und stolz wiederauferstanden ist, um sein Werk im Sinne der Vorsehung und mit Gottes Hilfe zu vollenden, so hat es ihm dieses Volk gleichgetan. Es ist auferstanden und über sich hinausgewachsen an der Seite seines von ihm erkorenen Führers, um sich mit ihm dem jüdisch-bolschewistischen Teufelswerk der Anarchie und der Verwüstung friedlicher Völker entgegenzustellen und so den großen Sieg zu erringen.

›Wollt ihr den totalen Krieg?‹, habe ich euch am 18. Februar 1943 gefragt. Eure Antwort war ein begeistertes ›Ja‹. Dieser grandiose Sieg ist euer Lohn für dieses ›Ja‹, das ihr mir im festen Glauben an den Führer und seine Getreuen gegeben habt.

Wäre unserem großen Feldherrn, unserem geliebten Führer dieser Triumph über das Bestialische und Niedrige nicht gelungen, die Menschheit wäre in einem Meer von Blut und Tränen versunken. So aber blicken wir in eine

große Zukunft. Deutschland wird größer, stolzer und selbstbewusster sein, als es je war. An ihm werden sich die Völker des ganzen Kontinents ein Beispiel nehmen. Deutscher Geist, deutsche Kultur wird ihnen ein Maßstab ihres Handelns sein, über das der Führer seine gütigen Hände beschützend hält. Unsere Landschaften werden erblühen, unsere Städte und Dörfer werden prächtiger sein denn je, und es werden glückliche Menschen darin leben.
Lassen Sie mich, ehe ich zum Anlass dieses Festtages komme, unserem geliebten Führer symbolisch den Lorbeer reichen. Dieser Mann, der sich immer treu blieb, der nie seine Ideale verriet, der dieses, sein geliebtes Volk, das ihn in freien Wahlen zu seinem Führer erkoren hat, immer im Herzen trug und trägt, dieser Mann wird der Mann des Jahrhunderts sein. Wenn Deutschland heute in solcher Pracht dasteht, wenn einer dieses Europa und mit ihm das gesittete Abendland mit seiner Kultur und Zivilisation dem finsteren Abgrund, der sich gähnend auftat, entrissen hat, dann war und ist er es. Ihm haben wir zu verdanken, dass wir hier stehen als die Sieger über alle Finsternis. Es lebe unser Führer Adolf Hitler, Heil, Heil, Heil!«

Das Reichspropagandaministerium hat Reiter die geplante Rede des Propagandaministers Dr. Joseph Goebbels vorab geschickt. Reiter teilt es triumphierend mit. Goebbels wird kommen, das stehe damit fest. Ob er, Eisleben, daran je gezweifelt habe? Na ja, windet sich der Gefragte, noch sei er nicht da und noch gebe es keinen Termin.

»Schade, dass unser lieber Herr Wagner das nicht mehr erleben durfte, der arme Kerl.«

Dazu schweigt Eisleben. Dann wolle man mal, versachlicht er die Situation, diese Szene zur Probe vorbereiten, mit allen zur Verfügung stehenden Protagonisten. Statisterie brauche man nicht.

»Wir lassen den Minister markieren.«

»Durch wen?«, fragt Reiter listig. Eisleben lächelt.

»Kornbichler.«

Reiter lacht. »Humpelstilzchen markiert Humpelstilzchen, passt wie die Faust aufs Auge.«

»Für solche Bemerkungen, Herr Reiter, sind schon Leute über die Klinge gesprungen.«

»Na ja, Sie verraten mich ja nicht, nehme ich an.«

»So ist es.«

Die erste Probe wird im Wirtshaussaal zur gespenstischen Szene, denn Kornbichler hat den Auftritt seines Lebens. Er gibt Goebbels nicht nur, er glaubt, Goebbels zu sein. Er liest die Rede vor, er schwitzt, verhaspelt sich, betont die Sätze völlig falsch. Er stottert, kämpft sich durch, versucht, das Vorbild zu imitieren, schreit, fuchtelt mit den Armen, ist in seinem Element. Eisleben lässt ihn gnadenlos die ganze Rede vortragen, dieses lächerliche Schauspiel, diese Selbstdarstellung einer kläglichen Kreatur, diese ungeheure Peinlichkeit genießend. Johanna missfällt das, doch sie sagt nichts, sitzt mit den anderer Schauspielern da und lässt es über sich ergehen.

»Heil! Heil! Heil!«, schreit Kornbichler mit ausgestrecktem Arm in den Saal, doch der bleibt stumm. Alle schauen sich fragend an, peinlich berührt. Kornbichler liest weiter.

»Heute, meine lieben Volksgenossen und Volksgenossinnen, nach allen großen nationalen Siegesfeiern, die alle Deutschen in einen regelrechten Siegesfreudentaumel versetzt haben, heute wollen wir in einem Dorf den Sieg feiern, in einem Dorf, das beispielhaft für deutsche Dörfer war und ist. Auch Krahwinkel hat Opfer gebracht. Die feindlichen Bomber haben die Dörfer nicht zerstört, aber die Menschen hier, auch sie haben ja gesagt zum totalen Krieg, und auch ihnen ist der Sieg ein hoher Dank. Sie haben Soldaten gegeben, manche leider, das darf man an dieser Stelle auch nicht verschweigen, haben ihre Söhne geopfert. Mut, Opferbereitschaft und das unerschütterliche Vertrauen in den Führer und seine Kriegskunst, das sind die Tugenden, die die Bürger von Krahwinkel auszeichnen. In erster Linie darf ich den großen goldenen Siegesorden an den Volksgenossen und NSDAP-Ortsgruppenleiter Uwe Griebel verleihen. Er hat mit aller Kraft und Energie, mit Mut und klarem Blick die Moral in Krahwinkel aufrechterhalten. Unser geliebter Führer Adolf Hitler hat mich persönlich beauftragt, diese Verleihung vorzunehmen. Es lebe der Führer. Auf unseren Führer Adolf Hitler ein …«

»Danke, danke, Herr Kornbichler, das haben Sie gut gemacht«, sagt Eisleben. Weitere Heil-Rufe will er Kornbichler, der schon überzuschnappen droht, einer Ohnmacht oder einem Schlaganfall nahe, nicht gestatten und den Anwesenden zumuten. Von Kolkwitz applaudiert zag-

haft, doch keiner schließt sich an. Kornbichler ist rot angelaufen, verschwitzt, verwirrt, von sich selbst überwältigt. Er rennt zum Ausgang und verschwindet.
»Musste das sein, Konrad?«, fragt Johanna später.
»Ja.«
»Du hast ihn der Lächerlichkeit preisgegeben.«
»Das tut er doch schon seit Jahren selbst.«

97

Henner Wohlgemuth wird 1911 in Saarbrücken geboren. Nach dem Ersten Weltkrieg, da das Saargebiet infolge des Versailler Vertrages dem Völkerbund unterstellt wird, gehen die Eltern, Kaufleute, die einen Kolonialwarenladen betreiben, nach Berlin. Neben den deutschnational eingestellten Eltern, die begeisterte Hitleranhänger sind, wird Henner ein glühender Hitlerjunge. Als solcher spielt er mit seinen Kameraden mehrfach in Filmen des Kurt Reiter mit. Danach steht der Entschluss fest, Schauspieler zu werden. Eine ältere Schauspielerin gibt ihm Unterricht, was die Eltern unterstützen. Ab 1930 holt Reiter ihn regelmäßig für seine Filme. Er spielt junge Offiziere, einfache Soldaten, junge Helden. Aber es sind immer Nebenrollen. Größere Rollen bekommt er nicht, aber er ist so viel beschäftigt, dass er die ganzen Kriegsjahre nicht zum Militär muss. Bis zur Berufung zum Film ›Krahwinkel‹ wohnt er bei den Eltern, die in Berlin wieder einen Laden betreiben. Henner bleibt Junggeselle. Es sind keine Beziehungen bekannt, Gerüchte sagen, er sei vielleicht homosexuell. »Ach, der Henner«, lästert Molitor, »der Henner ist doch gar nichts; vorne und hinten nicht bespielbar.« Henner Wohlgemuth ist ein Einzelgänger, der keine Kontakte zu Kollegen pflegt. In Altenburg geht er auch nicht in den ›Krug‹. Er wohnt bei einer Kriegerwitwe. Dass er mit der ein Verhältnis hat, erfährt niemand. Sie hat einen kleinen Bauernhof. Ihr Mann und ihr Sohn sind im Krieg gefallen.

98

Joseph Goebbels am 16. Juni 1926 im Tagebuch:
»Hitler der alte, liebe Kamerad. Man muss ihn als Mensch schon gerne haben. Und dazu diese überragende geistige Persönlichkeit. Der geborene Aufpeitscher! Mit dem Mann kann man die Welt erobern. Lasst ihn los und er bringt die korrupte Republik ins Wanken.«

99

»Sagen Sie, Herr Kunert, finden Sie das in Ordnung, wie unser Regisseur fortlaufend die Tendenz dieses Films verändert?«

»Was wäre denn nach Ihrer Meinung die Tendenz dieses Films?«

Sie sitzen während einer Probenpause auf einer Bank vor der Scheune, leicht fröstelnd, Joseph Kunert und Viktor von Kolkwitz. Sie haben selten miteinander zu tun, ein paar Szenen nur, und sie meiden sich, man kann sagen, sie mögen sich nicht, der gemütliche Schweizer und der arrogante, selbsternannte Adelige aus München.

»Ich wurde für einen Film engagiert, der am Tag des großen Endsieges in die Kinos kommt, der den Siegeswillen des deutschen Volkes zelebriert.«

Kunert, die Ruhe selbst, aber mit großer Lust, den nationalsozialistischen Vorzeigekollegen herauszufordern, antwortet.

»Darf ich Sie in einem Punkt korrigieren, Herr Kollege: Sie sind nicht engagiert, sondern zwangsverpflichtet worden, wie alle hier, außer mir, der ich als Schweizer jederzeit in mein Land zurückgehen könnte.«

»Das, lieber Kunert, trifft auf mich nicht zu. Ich bin aus freien Stücken, aus politischer Überzeugung zu dieser Produktion gekommen. Und darum bin ich jetzt über die Entwicklung, die das hier nimmt, entsetzt. Und glauben Sie nicht, dass Goebbels ebenfalls entsetzt wäre, wenn er wüsste, was hier passiert?«

»Was passiert denn?«
»Von Eisleben wird doch alles getan, um die berechtigten und redlichen Absichten Deutschlands zu diskreditieren.«
»Ach Gott, von Kolkwitz, das ist doch lächerlich. Die paar kritischen Sätze zum Krieg, die zutiefst menschlichen Zweifel – das kann doch Ihr Ernst nicht sein, dass Sie das stört oder irritiert.«
»Ich bin Nationalsozialist der ersten Stunde. Ich bin Parteimitglied und ich hatte die Ehre, auf dem Obersalzberg den Führer kennenzulernen. Eine Begegnung, die ich nicht missen möchte, die ich mein Leben lang nicht vergessen werde. Die Vision dieses großartigen Mannes hat mich zutiefst begeistert, der Wille, dieses vom Völkerbund so geknechtete deutsche Volk wieder zur Blüte zu führen, das ist die große Leistung dieses Mannes. Daran glaube ich, und das wird zum Sieg führen über das bolschewistisch-jüdische Pack, das uns einen Krieg aufgezwungen hat!«
»Wie auch immer, Herr Kollege, dieser Krieg ist nicht mehr zu gewinnen. Deutschland ist zu Ende, liegt am Boden. Sie wären gut beraten, Ihr Fähnlein zu drehen, solange es noch nicht zu spät ist.«
»Das ist nicht meine Art. Ich glaube an den Führer, an den Endsieg, an Deutschland.«
»Kommen Ihnen nicht Zweifel, wenn Sie bedenken, dass der Russe kurz vor Berlin steht, der Amerikaner in Aachen, die Städte zerbombt sind und von den Wunderwaffen weit und breit nichts zu sehen ist?«

»Kunert, Sie hören zu oft feindliche Propagandasender.«

»Ist es auch Propaganda, wenn Tausende von Juden in Lagern verrecken, umgebracht werden? Wenn Millionen obdachlos sind und halbe Kinder als Soldaten in den sicheren Tod geschickt werden?«

»Das ist eine infame Lüge. Man hat die Juden auswandern lassen. Das müssen Sie als Schweizer doch wissen.«

»Gerade einem Schweizer können Sie das alles nicht erzählen. Erstens: Die Ausrottung der Juden ist Programm nationalsozialistischer Politik. Oft genug im Radio verkündet. Wohlgemerkt, die ›Ausrottung‹. Zweitens: Sie selbst, von Kolkwitz, haben keine Gelegenheit ungenutzt gelassen, über jüdische Kollegen herzuziehen. Ich habe dazu bisher nichts gesagt. Wenn Sie sich aber hier zum Verfechter eines Unrechtsregimes aufschwingen, dann muss ich Ihnen sagen, mir graust vor Ihnen. Ich möchte mit Ihnen nichts mehr zu tun haben.«

Er steht auf und geht zur Scheune. Von Kolkwitz lächelt und ruft ihm hinterher:

»Heil Hitler, Herr Kunert!«

100

Molitor sitzt bei Reiter im Produktionsbüro.
»Lieber Kurt, wir haben doch schon des Öfteren zusammengearbeitet. Bei allen Kontroversen, die es gelegentlich gab, es war doch immer eine hochprofessionelle Arbeit.«
»Aber natürlich, Molli, was sonst? Aber warum erzählst du mir das – auf was willst du hinaus?«
Reiter ahnt, was Molitor bewegt, warum er ihm um den Bart geht, indem er die Zusammenarbeit von früher preist, die alles andere als erfreulich war, obwohl Molitor nur kleine Nebenrollen hatte. Gute Erinnerungen hat Reiter an diese Zusammenarbeit nicht.
»Nun, wie soll ich sagen – ich bin unzufrieden. So wie das hier stattfindet, bin ich nicht gewohnt zu arbeiten. Es gibt kein Drehbuch, keine fertigen Szenen. Es wird improvisiert und ständig verändert. Man bekommt am Morgen eine Szene, die eine Stunde später gedreht werden soll.«
»Das ist unsere Situation. Wir haben keine andere Wahl. Wir haben kein Drehbuch bekommen, sondern eine bessere Inhaltsangabe. Eisleben muss also schreiben, proben, inszenieren, alles auf einmal. Keine leichte Aufgabe. Ich bewundere es, wie er es schafft.«
»Ich bekomme die Rolle einfach nicht in den Griff, verstehst du? Ich bin nicht Hans Weimar.«
Reiter lacht.
»Du sollst nicht Hans Weimar sein, du sollst ihn spielen.«
Molitor geht auf den leicht hinterhältigen Scherz nicht ein. Zu aufgewühlt ist er.

»Weißt du, mir erschließt sich auch nicht der Sinn dieses Films.«
»Mir auch nicht.«
»Bitte?«
»Mir auch nicht, wie ich es sage.«
»Das verstehe ich nicht. Willst du mich hochnehmen?«
»Durchaus nicht, Molli, wir alle sind doch nicht freiwillig hier. Wir sind dienstverpflichtet, und wir sollten verdammt nochmal dankbar dafür sein.«
»Dankbar – wie das?«
»Wenn wir beide nicht hier wären, säßen wir jetzt vielleicht in einem Schützengraben, würden uns – entschuldige – den Arsch abfrieren, oder wir wären schon in Gefangenschaft, in einem Lager, oder auch tot.«
»Letzteres wäre ja noch zu verkraften.«
»Schön, dass du deinen Humor nicht verloren hast.«
»Was bleibt einem übrig.«
»Wenn wir hier rausgehen, als Sieger oder Verlierer, werden wir keinen Schuss abgegeben, keinen Kameraden verloren, keinen Feind gesehen haben.«
»Du beginnst mich zu überzeugen, zu überrreden, einzuwickeln – ach, was weiß ich.«
»Wir sind auf einer Arche Noah, wie Eisleben sagt, um uns tobt das Meer, wir aber sind sicher und halten Kurs auf ein friedliches Ufer.«
»Das hast du schön gesagt, Kurt. Dann bin ich der Elefant auf der Arche Noah.«
»Wenn du das so sehen willst.«
»Oder vielleicht doch das Rhinozeros.«

101

Regine Reuter wird 1909 in Monschau in der Eifel als Tochter eines Tuchfabrikanten geboren. Zur schulischen Ausbildung kommt sie zu den Ursulinen, einem Klosterinternat in Lohr am Rhein. Sechzehnjährig verlässt sie eigenmächtig das Internat, geht nach Köln und bewirbt sich an einer privaten Schauspielschule. Man nimmt sie auf und bescheinigt ihr Talent, so dass die Eltern in die Entscheidung einwilligen und die Ausbildung finanzieren. Mit achtzehn bekommt Regine ihr erstes Engagement in Aachen. Mehrere Stationen folgen: Koblenz, Frankfurt, Hamburg, München, Wien. Sie arbeitet sich hoch, wird eine ernsthafte Charakterdarstellerin, so dass sie bald auch für den Film entdeckt wird. Dort kommt sie lange nicht über Nebenrollen hinaus, die sie allerdings überzeugend spielt. Kritiker loben sie, bestätigen ihr, dass sie manchen zweitklassigen Film durch ihre Präsenz aufwertet, aber unter Wert besetzt wird. Ein Grund ist, Goebbels mag sie nicht, da sie nicht, wofür auch immer, zur Verfügung steht, sich nicht anbiedert, zweifelhaften Verkuppelungseinladungen nicht folgt, keine Affären mit Nazibossen hat, sich privat zurückzieht. Kühl, distanziert, intellektuell, entspricht sie nicht dem Nazi-Frauentyp. Aber verhindern kann Goebbels ihre Karriere nicht. Mehrere ernsthafte Regisseure arbeiten mit ihr, denn sie ist neben den angepassten Schauspielerinnen ein besonderes Gesicht, eine interessante Person. Als Fritz Lang sie in den dreißiger Jahren mit nach Amerika nehmen will, entscheidet sie sich zu bleiben. Sie hat eine Liaison mit einem jüdischen Komponisten, der allerdings seinerseits sie verlässt und emigriert. Sie bleibt, denn sie muss sich nach dem Tod des Vaters um ihre Mutter kümmern, die zu ihr nach München zieht. »Die Reuter«, sagt Eisleben, nachdem er mit ihr gedreht hat, »bricht das nationalsozialistische Pathos auf angenehme Weise.« In den Jahren 1942 bis 44 dreht sie keinen Film. Sie droht vergessen zu werden, beginnt zu trinken. Eisleben holt sie raus, bietet ihr die Rolle der Anna in ›Krahwinkel‹ an, eine Nebenrolle allerdings. Auch er weiß, was unter der Hand gesagt wird, Regine Reuter wäre die bessere Hilde Weimar gewesen. Nach acht Drehtagen müsste sie die Scheune verlassen und in die Waffenindustrie versetzt werden. Eisleben bewahrt sie davor, indem er ihre Rolle wie die von Kunert und Wohlgemuth ausbaut.

102

Am 18. März 1945 erreichen mindestens 1200 Bomber der U.S. Air-Force Berlin und werfen zwischen 10.57 Uhr und 12.45 Uhr über 3000 Tonnen Bomben ab. Gemessen an der Bombenlast ist es der schwerste Luftangriff auf die Stadt. Am selben Tag rüstet man sich in Altenburg zum aufwendigsten Dreh zum Film ›Krahwinkel‹.

103

Trappel und einige Hilfskräfte aus dem Dorf haben sich Mühe gegeben. Ein sonniger, fast wolkenfreier Tag. Der kleine Marktplatz, das Zentrum von Altenburg, ist festlich geschmückt. Vorwiegend sind es Hakenkreuzfähnchen, die aus den Fenstern hängen, daran hat Trappel nicht gespart. Ganz Altenburg ist auf den Beinen, unterstützt von Menschen, vorwiegend Frauen, Kindern und alten Männern aus anderen Dörfern, die man herangekarrt hat. Kornbichler, der das organisiert hat, ist stolz darauf, dass hier mehr Menschen versammelt sind als Altenburg Einwohner hat. Sie stehen vor den Häusern, soweit sie in der Lage dazu sind, festlich gekleidet. Die Kinder tragen ebenfalls Hakenkreuzfähnchen. Auf einer gezimmerten Empore am Ende des Platzes steht Klick mit der Kamera, neben ihm Eisleben. Blasmusik kommt näher. Auf der Straße erscheint jetzt ein Spielmannszug, der auf den Platz schreitet. Ihm folgen Vereine, ihre Fahnen vor sich her tragend, eine Trommlerformation, diverse, teils uniformierte Formationen mit Standarten, dazwischen eine Horde Kinder, uniformierte Hitlerjugend.

Langsam füllt sich der Platz. Vor einer Bühne am anderen Ende bleiben sie stehen. Großer Applaus des Volkes. Dort steht, flankiert von Fahnenträgern, an einem Pult unter einem umrahmten Hakenkreuz der Ortsgruppenleiter Griebel.

»Danke, bis hierher. Bitte alle nochmal auf die alte Position«, ruft Eisleben über ein Megaphon. Langsam be-

wegen sich die Formationen wieder, den Platz verlassend.
»Bitte an alle! Nicht so ernst, nicht so verbissen! Fröhlicher. Das ist keine Trauerfeier, vielmehr eine Siegesfeier. Was soll der Herr Propagandaminister denken, wenn er so empfangen wird?«
Er lacht. Noch zweimal lässt er das Ganze drehen.
Am Rand stehen Reiter und Molitor.
»Scheiße, was das Material kostet«, sagt Reiter.
»Und es wird ja nicht besser.«
An einer anderen Stelle, hinter der Kameraempore, stehen Johanna und Lene. Johanna im Hilde-Weimar-Kostüm, bereit für die nächste Einstellung.
»Ich kann das nicht mehr ertragen, Lene, die deutschen Städte fallen reihenweise und er inszeniert eine heile Naziwelt, wie es sie nie mehr geben wird. Das ist doch grotesk. Ich will mein Kind nicht hier bekommen, verstehst du das? Ich gehe. Ich verlasse euch. Nein, hier will ich nicht mein Kind bekommen.«
»Wenn du gehst, gehe ich mit dir. Ohne dich will ich hier nicht sein.«
»Nein, Lene, das geht nicht. Du musst hierbleiben.«
»Ohne dich bleibe ich nicht. Bitte, nimm mich mit.«
Zur nächsten Einstellung müssen auch die Protagonisten antreten. Auf Ehrenplätzen sitzen sie vor der Bühne, um Griebel und seiner den Propagandaminister ankündigenden Rede Beifall zu zollen. Von Kolkwitz nimmt seine Position hinter einem Pult auf der Bühne ein. Über ihm von einer Girlande umgeben das Hakenkreuz aus Blumen.

»Bitte!«, ruft Eisleben. Griebel spricht voller Emphatie.
»Meine lieben Volksgenossen und Volksgenossinnen! Wir sind hier heute zusammengekommen, um auch in unserer geliebten Heimat, hier in Altenburg den –«
Gelächter.
Eisleben unterbricht.
»Stopp – es handelt sich hier um Krahwinkel, Herr von Korkwitz, nicht um Altenburg.«
»Ja, natürlich. Entschuldigen Sie.«
»Bitte! Nochmal vom Anfang.«
»Meine lieben Volksgenossen und Volksgenossinnen! Wir sind hier heute zusammengekommen, um auch in unserer geliebten Heimat, hier in – äh – Krahwinkel den großen Sieg –«
»Nicht ›äh – Krahwinkel‹, bitte, Herr von Kolkwitz. Wir können doch annehmen, dass Herrn Griebel der Name seiner Heimatstadt geläufig ist.«
»Jaja.«
»Bitte!«
»Wir sind hier heute zusammengekommen, um auch in unserer geliebten Heimat Krahwinkel den großen Sieg Deutschlands über die jüdisch-bolschewistischen Aggressoren zu feiern. Wir sind stolz auf unsere Bürger, die an der Heimatfront Dienst getan haben, und auch auf unsere Männer an den Fronten, die oft unter großen Opfern mitgeholfen haben, den Sieg davonzutragen. Besonders stolz sind wir auf die Tatsache, dass unser geliebter Führer Adolf Hitler uns einen seiner vortrefflichsten Männer als Gast geschickt hat, den wir auf das herzlichste begrüßen wollen.

Bitte empfangen Sie mit einem kräftigen Applaus unseren Reichspropagandaminister Dr. Joseph Goebbels!«
Applaus über den ganzen Platz. Schwenk auf die ebenfalls applaudierenden Protagonisten.
Auf der Empore ruft Eisleben: »Danke, danke, sehr gut!« Und zu Klick sagt er: »Ja, nun muss der werte Herr nur noch kommen. Wann und wie, das weiß der Himmel.«
»Und ob überhaupt!«, antwortet Klick.

104

»Johanna, es wird immer den Film geben. Neben der Oper, dem Theater, der Literatur wird es den Film geben. Ich habe eine Vision. Ich werde dem Film die authentische Zeitgeschichte geben. Ich werde eine deutsche Familie zeigen, über Jahre hinweg. Mit den Schauspielern werden die Protagonisten älter werden. Die Zeitläufte werden absehbar sein am Geschehen in einer Familie, in ihrer Wohnung, ihrem Haus, ihrer Straße. Ob die nun Goethestraße heißt oder Schiller-, Lessing-, Ulmen-, Kastanien- oder Lindenstraße, wir werden in Filmen immer wieder das Leben dieser Menschen zeigen – vielleicht wird es die Familie Weimar sein, wer weiß. Meine Vision ist, dass der Zuschauer zusammen mit dieser Familie alt wird.«
»Ich wollte mit dir nochmal über Kuckelkorns reden.«
»Was gibt es da noch zu bereden?«

»Denkst du eigentlich nur noch an dich, deine Visionen, deine Zukunft, deine Karriere? Hast du gegenüber diesen Menschen kein Schuldgefühl?«

»Ehrlich gesagt, nein. Ich habe die Verhältnisse nicht geschaffen, die sie zu ertragen hatten.«

»Du hast weggeguckt. Ja, ich auch. Meine Eltern haben das nicht getan. Sie haben hingeschaut und gehandelt, haben Leben gerettet.«

»Johanna, ich habe Kuckelkorns vor dem sicheren Tod gerettet. Was in meinen Möglichkeiten stand, habe ich getan. Und alles, was ich getan habe, habe ich auch für uns getan. Auch für dich. Wenn wir hier heil – äh – wohlbehalten – herauskommen, dann auch durch das, was wir für die beiden getan haben – und durch diesen Film. Du weißt doch, dass ich das, was alles passiert ist, was uns vermutlich unvorstellbar ist, worüber die beiden vermutlich gar nicht sprechen können, nie gutgeheißen habe. Jetzt, in diesem Film kann das nicht Thema sein.«

»Auch wenn Kuckelkorns nicht darüber sprechen, es wird eines Tages darüber geredet werden müssen.«

»Ja, in Gerichtssälen. Vielleicht vor Kriegsgerichten, wer weiß. Aber nicht im Kino. Johanna, die Menschen werden sich das nicht vorstellen können und nicht vorstellen wollen, was in diesen letzten Jahren in diesem Land passiert ist. Warum sollen wir, die wir das ganze Ausmaß ohnehin nicht darstellen können, das Thema banal angehen, indem wir jetzt der Welt zwei ausgemergelte Menschen vorsetzen, deren Geschichte wir gar nicht erzählen können, weil wir sie nicht einmal kennen?«

»Du hast sie also geholt, um sie als Freifahrtschein in die Freiheit zu benutzen.«
»Wenn du das so sehen willst.«
»Du wirst mir immer unheimlicher, Konrad.«

105

Ludwig Trappel hat mit stiller Lust noch einmal tüchtig zugeschlagen. Er hat die Wohnstube eines glühenden Nationalsozialisten in die Scheune gestellt. Hakenkreuze überall. Auf Sofakissen und Vorhängen, auf Plakaten und Wimpeln. Groß neben dem röhrenden Hirsch das Adolf-Hitler-Porträt, daneben Gruppenfoto: Himmler, Göring, Goebbels, Speer. Kornbichler hat die Devotionalien gebracht, vermutlich aus eigenem Bestand. Man hätte, meint Klick, wohl auch bei ihm drehen können. Hier wohnt also Uwe Griebel, Lehrer und Ortsgruppenführer der NSDAP Krahwinkel. Eisleben ist hochzufrieden, von Kolkwitz, der Griebel spielt, scheint leicht verunsichert. Er weiß nicht so recht, ob diese Ausstattung in ihrer offensichtlichen Übertriebenheit nicht denunzierend wirkt.
Griebel sitzt am Tisch und korrigiert Schulhefte. Hans Weimar kommt rein, grüßt knapp, baut sich vor Griebel auf und knallt eine Urkunde auf den Tisch.
»Hans, was ist los?«
Er steht auf und führt Hans Weimar zum Sofa. Er ist verunsichert.

»Ein Bier, Hans?«

»Nein.«

»Also, nun sag schon, was los ist.«

»Ich trete aus der Partei aus. Da ist die Urkunde.«

»Aber Hans. Überlege, was du tust. Es kommen mit dem Endsieg goldene Zeiten auf uns zu. Mit der Mitgliedschaft kannst du eine riesige Karriere machen, du –«

»Alles Quatsch. Ihr habt uns belogen und betrogen. Wunderwaffen hieß es. Wo sind sie denn? Berlin liegt in Schutt und Asche. Andere Städte auch. Köln, München. Die Feinde kreisen uns ein. Man möchte davonlaufen und kann nicht, man weiß nicht, wohin.«

»Wer erzählt dir denn solchen Unsinn. Ja, die Leute reden so. Wir haben aber Informationen von ganz oben. Der Russe hat sich im Osten ausgeblutet. Unsere Truppen jagen ihn bereits zurück. Der Amerikaner ist im Westen am Ende. In wenigen Tagen fliegen Tausende von Bombern nach England und machen alles platt.«

»Nein, Uwe, mich könnt ihr nicht mehr belügen. Das Reich ist am Ende. Die ›von oben‹ verarschen euch, auch dich, und du merkst es nicht, weil du blind bist. Nein, Wilhelm hat recht. Er sagt: Rette sich, wer kann. Ihr habt uns in einen hoffnungslosen Krieg geschickt. Nein – hier ist die Urkunde – und das kannst du auch haben – häng dir's um.«

Er knallt das Eiserne Verdienstkreuz auf den Tisch.

Kolkwitz steht auf, geht zu Eisleben.

»Herr Eisleben, das spiele ich nicht.«

»Bitte?«

»Ich spiele das nicht. Das hat nichts mehr mit der Intention des Films zu tun, für den ich engagiert wurde.«

»Es ist eine realistische Situation. Der gebeutelte Mann zweifelt. Also entschuldigen Sie, Herr von Kolkwitz, aber das wird doch wohl erlaubt sein.«

»Im Konzept des Ministeriums steht diese Szene nicht. Wie gesagt, ohne mich.«

Reiter kommt dazu.

»Viktor, du bist nicht engagiert worden, sondern dienstverpflichtet.«

»Was heißt das?«

»Du stehst als Schauspieler zur Verfügung, oder Köppel bringt dich weg – wohin, das kannst du dir ausrechnen.«

»Ach, bist du jetzt auch schon eingewickelt worden. Der stramme Parteisoldat Kurt Reiter fällt um. Schäme dich!«

Er geht polternd hinaus.

Reiter lächelt.

»Ruhig Blut, Herr Eisleben. Unser selbsternannter Adliger braucht diesen Auftritt. Morgen funktioniert er wieder.«

»Wenn nicht«, sagt Eisleben, »auch egal.«

»Nicht jeder«, sagt Klick, »hat schon begriffen, was die Stunde schlägt.«

»Langsam macht das hier richtig Spaß«, sagt Molitor.

106

Seit Wagners Tod hat sich Reiter verändert. Er sieht mit an, wie Eisleben diesen Film vom urprünglichen Skript entfernt, ihn verändert, um ihn zum weißen Tuch zu machen, das nach dem totalen Zusammenbruch den Siegern entgegengehalten werden kann. Reiter lässt das alles zu, denn auch ihm ist klargeworden, es wird keinen deutschen Endsieg geben, Deutschland liegt jämmerlich am Boden, niemand braucht mehr den geplanten Film. Da ist es ratsam, sich frühzeitig eine saubere Weste zuzulegen. Eisleben macht das sehr klug. Er hält sich die Kuckelkorns, um später, wenn die Sieger vorm Tor stehen, sagen zu können, seht her, ich bin von der anderen Seite, ich habe diese Menschen vor dem Tod gerettet. Die Sieger werden ein Strafgericht abhalten. Davor wird man bestehen müssen.
Nach Altenburg in die Gaststätte, wo von Kolkwitz, Kornbichler und andere immer noch die nationalsozialistische Fahne hochhalten, geht er, die Unverbesserlichen meidend, nicht mehr. Er täuscht vor, den Alkohol nicht mehr zu vertragen. Die Wirtin, wird ihm zugetragen, hole sich nun von Kolkwitz ins Bett, was, wie Köppel sagt, wenigstens beweise, dass der sich auch für Frauen interessiere.
Zu Reiters Konzept gehört jetzt, selbst Schuld einräumend, sich um Kuckelkorns zu kümmern. Die beiden, die sich inzwischen, Eislebens Taktik durchschauend, auf ihrer Überlebensinsel eingerichtet haben, verfügen über die Souveränität, einem Reiter geduldig zuzuhören. Der gibt

vor, sich zu schämen, ist zerknirscht, bezeichnet sein bisheriges Leben als fremdgesteuert, spricht vom großen Irrtum, von der großen Sünde aller Deutschen, zu denen er auch gehörte, aber nicht mehr gehören will. Er bittet die beiden stellvertretend für alle Juden um Vergebung. Die erteilen ihm, teils gerührt, aber auch durchschauend, was hinter dieser plötzlichen Haltung steht, Absolution. Nun ja, sagt Reiter, man habe sich ja schon mal vor Zeiten nahegestanden, damals, als er noch ein verblendeter junger Mann war, der dachte, an etwas Gutes zu glauben. Damals habe man schließlich zusammengearbeitet, in seinem zweiten Film, wo die beiden ja mitgespielt hätten. Das war, denkt Itzak, als Reiter noch ein hoffnungsvoller Regisseur war, ehe er ein Nazi wurde, wie Ophüls sagte.

Ob sie denn alles hätten, was er für sie tun könne, fragt Reiter. Man habe alles und sei zufrieden.

»So wird es sein«, sagt Itzak später zu Ruth, »sie werden zu Kreuze kriechen, sich in den Staub werfen, ihre eigene Schuld ganz kleinrechnen, bis sie sich der Absolution der Sieger sicher sind. Danach aber werden sie sich wieder auf das besinnen, was sie einst so stark und unfehlbar gemacht hat, und sie werden wieder die Alten sein.«

»Und wir werden uns vor ihnen in Acht nehmen müssen«, entgegnet Ruth. Weswegen es möglicherweise keine gute Idee sein wird, nach der Befreiung in diesem Lande zu bleiben.

107

Am 6. April 1944, in einer Rede auf dem Adolf-Hitler-Platz in Nürnberg, beschwört Joseph Goebbels die Treue zum Führer:
»Es ist die Aufgabe, die Treue zu wahren, wenn es auf alles ankommt und die Gefahr an allen Seiten lauert: Dann wie ein ›Ritter ohne Furcht und Tadel zwischen Tod und Teufel‹ hindurchzureiten, unerschüttert, und unerschütterlich und an die große Sache zu glauben, dafür zu kämpfen – das ist eine stolze Tugend, die den Mann ziert und die Ehre der Frau und der Jugend ist. So ist es geboten, zur Sache und zum Führer zu stehen und aus dem Satz, den wir so oft sprachen, nun Wirklichkeit zu machen: ›Führer befiehl – wir folgen‹.«

108

Der letzte große Tagesangriff der U.S. Air-Force auf Berlin beginnt am 10. April 1945 um 14.30 Uhr und endet um 14.55 Uhr. 1232 Flugzeuge nehmen daran teil; dies ist die größte Anzahl jemals zugleich über Berlin eingesetzter Maschinen. Der letzte britische Luftangriff auf Berlin ist am 19. April 1945.
Eisleben wird immer besessener. Er hat einen Plan.

109

Johanna ist entsetzt. Das könne doch nicht sein Ernst sein. Ob er jetzt verrückt geworden sei. Ihm sei wohl nichts mehr heilig. Wenn das wirklich seine Absicht sei, dann werde sie jetzt diesen Ort unverzüglich verlassen, was sie ohnehin schon seit einiger Zeit in Erwägung gezogen habe.

»Konrad, mir graut vor dir.«

Ja, das sei nun in der Tat eine mutige Entscheidung, die er ihr da nahelege. Aber gerade sie sei doch nicht in moralischen Grenzen verfangen, sie sei doch weltoffen, was er schließlich an ihr liebe.

Es sei wohl etwas viel verlangt, gefangen in einer Scheune in der Heide, umgeben von tobendem Krieg, ›weltoffen‹ zu sein, entgegnet sie wütend.

Aber sie solle doch bedenken, dass man jetzt Filmgeschichte schreiben könne. Es sei schließlich etwas nie Dagewesenes, etwas, wozu allen bisherigen Regisseuren der Mut gefehlt habe.

Ob es nicht sein könne, entgegnet sie, dass diese Regisseure mehr Respekt vor Frauen hatten, dass sie nicht auf eine Sensation spekulieren wollten, dass ihnen vielleicht dieser intimste und aufregendste Moment im Leben einer Frau heilig war.

»Mir ist das heilig. Mein Gott, was denkst du von mir?«

»Ich denke, dass du verrückt geworden bist, nichts anderes denke ich mehr.«

»Meine Liebe, wir würden das sehr behutsam machen. Man wird dein Gesicht nicht sehen, ich –«

»Nein, nein und nochmal nein!«

»Johanna, unser Kind wird ein Kind des Friedens sein. Wir werden es verfolgen von seiner Geburt bis – bis es ein erwachsener Mensch ist. Wir werden sein Leben erzählen, filmisch erzählen. Da ist es doch eigentlich etwas Natürliches, um nicht zu sagen Selbstverständliches, auch die Geburt zu zeigen.«

»Nein! Ich argumentiere nicht weiter. Ich sage nein, und ich verlasse dich, jetzt. Das Kind wird nicht dein Kind sein.«

Eisleben ist sprachlos, fühlt sich missverstanden, will sie in die Arme nehmen, was sie nicht mehr zulässt. Er verlässt beleidigt den Raum. Johanna packt ihren Koffer.

Es ist die erste Aprilwoche. In drei Wochen wird Johannas Kind geboren werden. Es ist für sie, da ist sie sich mit Lene einig, eine Ungeheuerlichkeit, dass Eisleben die Geburt filmen will.

Eine Stunde später verabschieden sich vor der Scheune alle von Johanna und Lene, die bereits zwischen ihren Koffern auf Köppels Transporter sitzen.

»Passt auf euch auf«, sagt Ruth Kuckelkorn und umarmt Johanna.

»Ihr auch.«

Reiter stellt den beiden nichts in den Weg. Köppel wird sie wegbringen, wohin, das weiß er auch noch nicht. Johanna hat schon eine bestimmte Vorstellung, die sie aber noch nicht verrät. Alle im Team und die Schauspieler sind

betroffen, verstehen gar nicht, was da passiert ist. Kunert will Johanna überreden zu bleiben. Klick lächelt. Er weiß, warum Johanna geht, denn Eisleben hat ihn in seine Absicht eingeweiht. Der steht stumm da, zeigt keinerlei Regung. Als der Wagen abfährt und alle den beiden nachwinken, geht er in die Scheune, beauftragt Seibert, die Szene zwischen Wilhelm und Hans vorzubereiten, und probt eine Stunde später mit Molitor und Kunert in der Weimar'schen Wohnung.
Johanna lässt sich und Lene von Köppel zu einer alten Freundin bringen. Dort, auf einem kleinen Gutshof in der Nähe von Hamburg, bringt Johanna am 1. Mai 1945 eine Tochter zur Welt. Es ist der Tag, an dem Joseph Goebbels mit seiner Frau und den sechs Kindern Selbstmord begeht, und der Tag, an dem der Film ›Krahwinkel‹ zum großen Endsieg in die deutschen Kinos kommen sollte.

110

Ja, sie musste wohl gehen. Es ist in Ordnung so. Er hat zu viel von ihr verlangt. Hätte er das von irgendeiner anderen Schauspielerin auch verlangt? Vermutlich nicht. Er hat es von seiner Frau verlangt, und genau das hat sie so empört. Wie immer verdrängt er Gefühle wie Trauer oder Sehnsucht und findet schnell zu einer gewissen Leichtigkeit. Man wird sehen, was das mit Johanna und dem Kind geben wird. Es hat keinen Sinn, sich darüber jetzt den Kopf zu zerbrechen. Das Leben geht weiter, und dieses Leben hier geht wohl dem Ende zu. Es wird ein neues, spannendes Leben geben, neue Aufgaben, neue Filme. Er fühlt sich sicher, ist guten Mutes. Er hat sich nicht schuldig gemacht. Gut, er hat an das eine oder andere geglaubt, war in gutem Glauben, wie man so schön sagt. Ja, er hat die Möglichkeiten, die sich ihm boten, genutzt. Aber seine Seele hat er nicht verkauft. Man hat mitgemacht, gegebenenfalls nicht so genau hingeschaut, verdrängt, einen sicheren geraden Weg eingeschlagen. Man wird ihm nichts anhängen können. Von Grausamkeiten des Systems hat er wohl gehört, aber er wollte nichts davon wissen. Man hat seine Pflicht getan. Und hat er nicht dem deutschen Film zu Glanz verholfen in schlimmen Zeiten? Haben es sich die, die gegangen sind, nicht zu leicht gemacht?

Er ist stark, hat sich immer durchgebissen. Und er ist diplomatisch, kann sich arrangieren, wo es ohne zu große Zugeständnisse möglich ist. Man wird sehen. Bald werden die Sieger vor der Tür stehen. Aufrecht wird er mit seinem Team und an der Seite der Kuckelkorns, die er schließlich gerettet hat, Rede und Antwort stehen. Wird das Kind, das in diesen Tagen zur Welt kommen wird, wo auch immer, jemals auch sein Kind sein? Man wird sehen.

111

Joseph Goebbels am 18. April 1944:

»In den Ruinen und Mauerresten unsrer bombardierten Städte geht das Leben weiter. Es ist nicht mehr so reich und aus dem Vollen schöpfend wie früher. Aber wir stehen fest auf unseren Füßen und zeigen nicht die geringste Neigung, in die Knie zu gehen.«

112

»Prost, Hans!«

»Prost, Wilhelm!«

Die beiden sitzen am Weimar'schen Küchentisch und trinken Schnaps.

»Weißt du, Hans, ich war kein begeisterter Soldat.«

»Glaubst du, ich?«

»Unter uns, was hatten wir in Polen und Frankreich und Russland zu suchen? Nichts. Alles Betrug. Man hat uns belogen und betrogen.«

»So ist es, Wilhelm. Es ging uns doch gut hier auf dem Dorf. Und was jetzt? Tote, Vermisste, die Städte kaputt.«

»Du kannst dir nicht vorstellen, Hans, wie es in Berlin aussieht. Alles in Schutt und Asche. Bettelnde Menschen, Leichen am Straßenrand. Ich musste weinen, als ich das alles gesehen habe.«

»Glaubst du an die Wunderwaffen?«
»An was soll man denn noch glauben? Ich habe mir abgewöhnt, an etwas zu glauben, Hans.«
»An die Zukunft, Wilhelm, an den Frieden, an uns.«
»Danke, meine Herren!«, ruft Eisleben. »Dann Auftritt Hilde – na ja, den wird es nicht mehr geben. Wir bereiten die Szene zum Dreh, bitte – kleine Pause.«
Nachdem sie die Szene gedreht haben, stehen Klick und Reiter rauchend vor der Scheune.
»Das ist wohl Eislebens Glaubensbekenntnis«, sagt Reiter, »das weiße Tuch.«
»Nützt aber nichts. Ich hab doch kein Material mehr in der Kamera.«
Sie lachen beide.

113

»Kommen Sie doch mal mit ins Gasthaus«, sagt von Kolkwitz zu Eisleben, nachdem sie sich wieder versöhnt haben, »wir sind da eine lustige Runde.«
Warum eigentlich nicht, denkt der. Seit Johanna gegangen ist, sind die Abende einsam. Gut, es sind dort die Unverbesserlichen. Aber vielleicht ist es ja interessant zu erfahren, wie und mit welchen Argumenten man dort noch den Glauben an den Endsieg hochhält, während draußen die Welt über das Reich herfällt. Die Alliierten sind von über-

all her im Vormarsch, deutsche Städte sind schon eingenommen, es ist nur noch eine Frage der Zeit, wann die Arche Noah an Land geht zur Erlösung. Also, warum nicht ins Gasthaus? Nachdem er auch Reiter, Seibert, Klick und Trappel überreden kann, versammelt sich im Altenburger ›Krug‹ fast jeden Abend eine illustre Gesellschaft. Von Kolkwitz und Kornbichler kommen dazu. Man zecht tüchtig. Eisleben wird immer lustiger, macht Witze, singt. Die Anwesenden kannten ihren Spielleiter, wie sie ihn auch nennen, so nicht. Köppel muss immer wieder seine antijüdischen Weiß-Ferdl-Lieder vortragen, über die sich, man glaubt es kaum, Eisleben ebenso kaputtlachen kann wie alle anderen. Gegen Ende des Abends – es ist schon nach Mitternacht – hat der stark betrunkene Eisleben eine Idee. Kornbichler soll die Goebbelsrede vortragen, jetzt hier vor ihnen. Den Text hat der sich ja aufgehoben und natürlich dabei. Es sei ihm eine Ehre, sagt er, nochmal den verehrten Reichspropagandaminister zu bringen. Er humpelt durch den Raum, fuchtelt, schreit, gibt den Goebbels mit Hingabe. Allerdings lallt er leicht, was die Komik des Auftritts unterstreicht.
»Meine deutschen Volksgenossen und Volksgenossinnen!
Die feindlichen Mächte, angetrieben vom Gegeifer der Einpeitscher des internationalen Judentums, das keine Friedfertigkeit kennt, konnten dieses deutsche Volk nicht in die Knie zwingen. Ihr satanisches Ziel der Zerstörung der Welt haben sie nicht erreicht. Von deutscher Heldenhaftigkeit …«

Eisleben unterbricht immer wieder, greift ein, führt plötzlich Regie, korrigiert die Bewegungen, die Gesten, den Sprachduktus. Kornbichler gehorcht, bemüht sich. Das Ganze wird zur Groteske, deren fanatische Darsteller Kornbichler und Eisleben geradezu selbstvergessen agieren. Die anderen lachen, klatschen, loben, tun alles, damit der Goebbels-Darsteller sich regelrecht in der Rolle suhlt. Emphatische Heil-Rufe, die den inzwischen auf einer Bank entschlafenen Paul Köppel wecken, beenden die Darstellung. Kornbichler sinkt erschöpft in einen Stuhl.

»Herr Kornbichler, Sie machen das großartig! Sehr gut. Das Original kann nicht besser sein. Herr Klick, Herr Reiter, Herr Trappel, das drehen wir morgen hier an Ort und Stelle.«

Ernüchterung und Unsicherheit machen sich breit. Was bedeutet das jetzt? Ist das nur die Trunkenheit, oder wird Eisleben verrückt? Er ist seit Johannas Weggang so unberechenbar geworden, will zum Beispiel unbedingt eine Geburt drehen. Ist es ihm zuzutrauen, dass er diesen völlig unbegabten Kornbichler Goebbels spielen lassen will? Reiter winkt ab. »Tomorrow is another day.« Das sagt er gerne. Köppel fährt alle, die dort untergebracht sind, zur Scheune zurück.

Am nächsten Morgen steht der Dreh einer Szene mit Joseph Kunert und Regine Reuter an. Während Trappel das Motiv vorbereitet, nimmt Klick Eisleben zur Seite.

»Eine Frage, Herr Eisleben, dieser Dreh mit Kornbichler, ist das – wie soll ich sagen – ist das Ihr Ernst?«

»Was für ein Dreh? Wovon sprechen Sie?«

»Kornbichler als Goebbels.«

»Ach du liebe Güte! Wie kommen Sie denn darauf?«

Klick belässt es dabei und denkt sich sein Teil.

Am Besuch der Gastwirtschaft hat Eisleben Freude bekommen. Jeden Tag muss Köppel ihn dorthin fahren. Der wundert sich, wie gesprächig, wie aufgeräumt Eisleben ist. Alles Distanzierte, Unnahbare ist verflogen. Ihm, Köppel, erzählt er Witze und Anekdoten, im Auto.

»Hans Albers kann sich ja die Texte nicht merken, ja. Also stellt man ihm die Neger hin, die schwarzen Tafeln mit dem Text. Watussis, wie man das nennt. Um die Texte zu lesen, muss er während der Szene sehr konzentriert hinschauen. Weil er ja nicht mehr gut sieht. Sehen Sie, und das ist der berühmte Blick, den Frauen so betörend finden, dass sie ihm zu Füßen liegen. ›Das ist mein Charisma‹, sagt Albers zu Rühmann, der ihn wegen der Neger aufzieht. ›Im Gegensatz zu mir können Sie Ihren Text, aber Sie haben kein Charisma‹, sagt Albers. Und wissen Sie, was ich Ihnen sage, Herr Köppel: Es ist so.«

114

Wilhelms Wohnung, in der Scheune von Trappel liebevoll aufgebaut. Da ist gar nichts Nationalsozialistisches, eher schlichte Bescheidenheit. Wilhelm dreht am Volksempfänger herum, hört BBC auf Deutsch. Es klopft. Schnell schaltet Wilhelm das Gerät ab, nimmt eine Zeitung in die Hand.
»Herein!«
Ein völlig aufgelöster Hans kommt rein, steht da, hat, soweit Molitor das gelingt, Tränen in den Augen.
»Hans, um Gottes willen, was ist los?«
»Hilde ist tot – und das Kind. Beide tot, ich –«
»Aber wie –?«
»Gestorben bei der Geburt. Komme gerade vom Krankenhaus.«
Er setzt sich, vergräbt das Gesicht in den Händen, schluchzt.
»Mein Gott, Hans, unsere Hilde – unser Kind –«
»Wie soll ich das bloß dem Jungen sagen, wie nur?«
»Das – ich weiß das im Moment auch nicht. Herrgott nochmal, da überleben wir den Krieg, kommen unversehrt heim, versöhnen uns, träumen von einer Zukunft, und jetzt das.«
»Ich bring mich um, ich – was der Russe nicht geschafft hat, das mache ich selbst –«
»Aber Hans – denk doch an den Jungen, der braucht dich doch – jetzt erst recht.«
»Sag doch selbst, ist das Leben nicht ein riesengroßer Betrug?«

»Hans, das Leben geht weiter.«
»Den Satz kann ich nicht mehr hören, verdammt nochmal!«
»Entschuldige bitte.«
»Danke!«, ruft Eisleben, »das war ganz gut. Aber ich bin mir nicht sicher, ob das inhaltlich so richtig ist, ob es tatsächlich so harmonisch zwischen den beiden verlaufen soll. Ob es nicht unterschwellig eine Schuldzuweisung seitens Hans Weimar geben sollte – ich denke darüber nach. Eventuell gibt es morgen einen neuen Text. Das wär's für heute, allen meinen herzlichen Dank!«

115

Eisleben ist nach wie vor besessen von der Idee, eine Geburt zu drehen. Reiter und Klick versuchen, es ihm auszureden, vergeblich. Kornbichler wird beauftragt, eine Frau zu suchen, die in nächster Zeit ein Kind bekommt. Sie würde gut entlohnt werden, verspricht Eisleben, man werde ihr Gesicht nicht sehen, sie nicht erkennen, alles werde diskret und behutsam behandelt.
»Unter uns, Herr Kornbichler. Es wird doch sicher irgendein armes Mädel geben, das von einem Soldaten geschwängert wurde, das sozusagen eine finanzielle Hilfe brauchen kann.«
»Ich versuch's. Womöglich kann man da eine finden.«

Kornbichler stellt Eisleben nach einigen Tage der Suche eine hochschwangere junge Frau vor, eine etwas naive Bauernmagd, Katharina, aus einem Nachbardorf, geschwängert von einem Bauern. Sie wird in den nächsten Tagen ihr Kind bekommen. Man bringt sie in der Kammer von Lene Hackbarth unter, holt eine Hebamme und harrt der Geburt, die sich Tag für Tag nicht einstellen will. Wieweit das Einverständnis der jungen Frau, die Geburt drehen zu lassen, freiwillig ist, kann Eisleben nicht ergründen. Und es interessiert ihn auch nicht. Er ist besessen von seiner Absicht, über die die Mehrheit der Schauspieler und Teammitglieder eher entsetzt ist. Eisleben, so flüstert man sich zu, ist dabei, verrückt zu werden. Seit Johanna gegangen ist, legt er Reiter und Seibert täglich neue Szenen auf den Tisch, die er drehen will. Wirre Dialoge zwischen den Protagonisten, Szenen, die aufwendige Bauten erfordern würden.

Zwischen Reiter, Trappel und Klick gibt es inzwischen ein Einverständnis. Sie wollen möglichst viel von Eislebens Plänen verhindern, ohne den Chef zu verärgern. Mal sieht sich Trappel nicht in der Lage, geforderte Bauten herzustellen, mal sagt Klick, er müsse erst auf Filmmaterial warten. Dass Köppel längst kein Material mehr mitbringt und Klick also schon seit einiger Zeit keinen Film mehr in der Kamera hat, bemerkt Eisleben in seinem Wahn nicht. Zumindest glauben das die meisten.

116

Henning Klick und Paul Köppel fahren über die Dörfer. Sie suchen einen etwas abseits gelegenen Bauernhof, in welchem Eisleben drehen will. Er hat eine Reihe von Szenen geschrieben, in denen ein jüdisches Paar von Bauern in der Scheune versteckt wurde. Niemand im Dorf hat das erfahren. Nachts kommen die beiden aus ihrem Versteck und sitzen mit dem Bauern in der Küche und reden über Gott und die Welt. Elendlange Szenen hat Eisleben geschrieben und schon mit Kuckelkorns und einem Darsteller aus der Kreisstadt geprobt. Zum ersten Mal hätte Klick gerne Filmmaterial, denn diese Szenen, das spürt er, wären das wahre weiße Handtuch.
So fahren die beiden also über Land, an einem sonnigen Apriltag. Friedlich liegen die Heidedörfer da, als hätten sie vom tobenden Krieg keine Ahnung.
Die beiden kennen sich schon lange. Als Köppel Hedda Reiter zu ihren gesellschaftlichen Verpflichtungen oder auch zu ihren Liebschaften fuhr, war Henning einer ihrer zahlreichen Geliebten.
»Paul, wie schätzt du die Lage ein?«
»Wie meinst du das?«
»Na ja, Endsieg und so.«
»Ach Gott. Nach Berlin komme ich nicht mehr durch. Proviant muss ich bei den Bauern holen. Bald werden wir nichts mehr zu fressen haben. Hoffentlich nimmt das alles bald ein Ende. Endsieg oder nicht, ist mir doch wurscht. Ich will heim auf den Hof. Jetzt muss das Feld bestellt wer-

den. Die Alten schaffen das nicht mehr, und die Brüder sind tot. Scheißkrieg, verdammter.«

»Es wird bald vorbei sein, Paul, in ein paar Tagen werden die Sieger vor der Tür stehen.«

»Und dann? Was passiert uns dann?«

»Festnahme, Abtransport ins Lager, Verhöre: Was habt ihr getan und wie und warum, der ganze Siegerkram.«

»O Gott!«

»Uns kann nicht viel passieren. Wir haben uns nichts vorzuwerfen. Und der Chef hat gut vorgesorgt. Wird sein weißes Tuch hinaushängen, wird die beiden Juden vorzeigen, die wir versteckt haben, und alles wird gut sein.«

»Wenn du's sagst, dann will ich es glauben.«

»Aber es gibt ein Problem.«

»Welches?«

»Darüber wollte ich mit dir reden. Das entwickelte Filmmaterial muss verschwinden. Das darf nicht in die Hände der Sieger fallen.«

»Dann lassen wir's halt verschwinden. Ich könnte den Schreiner Hansen fragen, dem kann man vertrauen. Der hat auch den Seibert versteckt.«

»Nein, ich habe eine bessere Idee, die Kirche.«

Paul lacht.

»Die Kirche?«

»Ja, die Kirche. Dort werden die Sieger nichts suchen. Ich hab mir das angeschaut. Hinter dem Altar ist eine Art Verlies, da gibt es nur Gerümpel, alte Kirchenbänke, Totenköpfe, Schutt. Da können wir die Rollen verstecken.«

»Gut, machen wir das.«

»Aber, Paul, das dürfen nur wir beide wissen. Eisleben ist mir jetzt zu unberechenbar. Es muss zwar in seinem Interesse sein, aber man weiß nicht mehr, was in ihm vorgeht. Sicher ist sicher, er sollte es besser nicht erfahren.«

Am Abend fährt Köppel Eisleben, Reiter und Seibert nach Altenburg in den ›Krug‹. Dann fährt er zurück zur Scheune und lädt mit Klick die Filmrollen auf den Transporter. Sie fahren nach Altenburg zur Kirche. Der Ort ist wie ausgestorben, nur im ›Krug‹ geht es hoch her. Niemand sieht die beiden dabei, wie sie die Rollen hinter dem Altar der Kirche verstecken. Dann gehen sie in den ›Krug‹, setzen sich zu den anderen. Dort ist eine seltsame Stimmung. Von Kolkwitz und Kornbichler sind kleinlaut geworden. Sie widersprechen Eisleben nicht mehr, der lauthals verkündet:

»Freunde, das Reich ist am Ende, die Tommys stehen vor der Tür, lassen Sie uns alle das Beste daraus machen, jeder so gut er kann.«

»Aber was soll man denn tun?«, fragt Kornbichler ängstlich und leicht verzweifelt. Eisleben lächelt.

»Ziehen Sie diese alberne Uniform aus, verbrennen Sie Ihren Mitgliedsausweis, entfernen Sie die Fahne von Ihrem Haus und werfen Sie das Hitlerbild weg. Und dann waschen Sie Ihre Hände ganz tüchtig in Unschuld. Oder Sie machen sich davon.«

Gelächter, fast befreiendes Gelächter.

»Mir kann nichts passieren«, sagt von Kolkwitz, »ich habe mir nichts vorzuwerfen. Ich bin Schauspieler, ich habe nur meine Pflicht getan, weiter nichts.«

»So ist es«, ruft Eisleben – schon leicht betrunken, »so ist es, wir haben alle nur unsere Pflicht getan. Wir sind Künstler, wir haben uns nichts vorzuwerfen. Darauf eine Runde auf mich, Frau Wirtin!«
Köppel bringt nach Mitternacht die, die in der Scheune wohnen, zurück.

117

Im Produktionsbüro diktiert Eisleben Seibert eine neue Szene.
Es klopft. Ein ziemlich aufgelöster Kornbichler steht da. Er wolle unbedingt den Chef sprechen, es sei ganz dringend. Auf einen Wink hin geht Seibert raus.
»Bitte, Herr Kornbichler, setzen Sie sich.«
»Gestern haben Sie Josef zu mir gesagt, was mir –«
»Ja. natürlich, entschuldigen Sie.«
»– was mir eine große Ehre ist.«
»Nun, Josef, sagen Sie, um was geht es?«
»Also, von Kolkwitz ist weg.«
»Was heißt das?«
»Als heute früh Emmy, meine Nachbarin, ihm wie jeden Tag das Frühstück bringen wollte, war er nicht da. Und auf dem Tisch ein Zettel: ›Dank für alles. Ich gehe, auf Wiedersehen. Heil Hitler‹ stand drauf. Und alle seine Sachen weg.«

»Na ja, war zu erwarten. Aber wie ist er denn – ich meine, zu Fuß oder wie?«
»Ich weiß es nicht. War einfach weg.«
»Danke für die Nachricht.«
Eisleben steht auf, um Kornbichler zum Gehen zu motivieren. Der steht da, zittert, druckst herum.
»Ist noch etwas?«
»Ja also, gestern, im ›Krug‹, was Sie da zu mir gesagt haben, war das Ihr Ernst?«
»Ja, natürlich.«
»Die Fahne und das Hitlerbild hab ich schon weggeworfen.«
»Gut so.«
»Aber was soll ich jetzt tun?«
»Ich weiß es nicht. Ich kann Ihnen da nicht helfen.«
Kornbichler rennt hinaus.
»Armer Teufel – möge er gnädige Richter finden. Ach, diese Narren des Unglücks!«

118

Hitlers ›Nerobefehl‹ vom 19. März 1945:
»Der Feind wird bei seinem Rückzug uns nur eine verbrannte Erde zurücklassen und jede Rücksichtnahme auf die Bevölkerung fallen lassen. Ich befehle daher: 1. Alle militärischen Verkehrs-, Nachrichten-, Industrie- und Ver-

sorgungsanlagen sowie Sachwerte innerhalb des Reichsgebietes, die sich der Feind zur Fortsetzung seines Kampfes nutzbar machen kann, sind zu zerstören. Wenn der Krieg verloren geht, wird auch das Volk verloren sein. Es ist nicht notwendig, auf die Grundlagen, die das Volk zu seinem primitivsten Weiterleben braucht, Rücksicht zu nehmen. Im Gegenteil, es ist besser, selbst diese Dinge zu zerstören. Denn das Volk hat sich als das schwächere erwiesen und dem stärkeren Ostvolk gehört dann ausschließlich die Zukunft. Die nach dem Kampf übrig bleiben, das sind ohnehin nur die Minderwertigen; denn die Guten sind gefallen.«

119

Mitte April. Die Engländer stehen vor Hamburg, die Amerikaner im Ruhrgebiet, die Russen vor Berlin. Eisleben schreibt, probt, dreht unbeirrt und ignoriert die spärlichen Vorgaben aus dem Ministerium, die Reiter nur noch ohne Druck zu machen verkündet, wenn ihn überhaupt noch welche erreichen.
Selbstzweifel hatte Eisleben eigentlich noch nie. Bei allen Zugeständnissen, die er gelegentlich machen musste, war er immer überzeugt, dass seiner Kunst nichts im Wege stand. Wie steht es aber jetzt um ihn, da er einen Film drehen soll, der seinen Ansprüchen überhaupt nicht genügt?

Ist das überhaupt ein Film, wird es je einer werden? Tut er nicht alles, damit das ein filmischer, wenn auch pazifistisch geprägter Torso bleibt, über den die Sieger einmal nur die Köpfe schütteln können? Was nach außen chaotisch wirkt, ist in Wirklichkeit Eislebens geschickte Kalkulation. Er fühlt sich niemandem mehr verpflichtet, bekommt keine Weisungen mehr. Manchmal denkt er, dass die in Berlin gar nicht mehr wissen, dass da in der Heide in einer Scheune ein Häuflein Menschen vortäuscht, Kunst zu machen. Man hat uns vergessen, denkt er, und das ist gut so. Material kommt schon seit einiger Zeit nicht mehr, Köppel fährt gar nicht mehr nach Berlin. Und Reiter geht spazieren, wandert über die Dörfer. Dass in Klicks Kamera kein Film mehr ist, weiß jeder, aber man redet nicht darüber, genießt ein stilles Einverständnis.
Aber was ist mit den Filmrollen, die im Schuppen hinter der Scheune lagern? Auf ihnen sind Szenen, die noch den Vorgaben des Propagandaministeriums folgen, Szenen eines Films zum großen deutschen Sieg. Die sollten den Siegern besser nicht in die Hände fallen. Er sollte vielleicht mit Klick und Reiter darüber reden. Als er später zum Schuppen geht, stellt er fest, dass der leer ist. Die Rollen sind weg. Wie und warum auch immer, gut so. Jemand hat sich was dabei gedacht. Er wird nicht weiter nachfragen.
Am Abend wird er wieder in den ›Krug‹ gehen. Um sich dort in den Verbrüderungen, Streitigkeiten und Besserwissereien zu verlieren, sich zu betrinken wie zu studentischen Zeiten, das tut ihm gut. Das war jahrelang nicht seine Gewohnheit, Ehrgeiz und Disziplin verhinderten

das, jetzt, da diese Tugenden nicht von ihm gefordert werden, genießt er es. Eisleben wundert sich über Eisleben. Ist das ein Schwanengesang? Werden härtere Zeiten kommen? Nein, er schiebt die Zweifel weg, die sind nicht seine Sache. Draußen tobt immer noch der Krieg, Johanna hat ihn verlassen, er aber muss noch geschickt und diplomatisch das Team steuern. Er fühlt sich seltsam leicht, frei, befreit, ruhiger und ausgeglichener als die ganzen Jahre zuvor.

Er liegt auf dem Bett, sucht Figuren in den Stockflecken der Zimmerdecke und denkt an Johanna. Aus Klicks Kammer ertönt Mozarts 21. Klavierkonzert, der zweite Satz, ›Andante‹. Klick spielt das oft, scheint sein Lieblingsstück zu sein.

Eisleben würde jetzt gerne tanzen – mit Johanna.

120

»Hast du schon gehört«, sagt Hans, »der Griebel ist weg. Abgehauen, getürmt.«

»Jaja, die Ratten verlassen das Schiff.«

»Ja, er ist – er war eine Ratte. Wirtin, noch ein Bier, bitte!«

»So sind sie alle, die Hundertprozentigen. Jahrelang die große Schnauze und wenn's brenzlig wird, ab auf Nimmerwiedersehn.«

»Wie du's sagst, Wilhelm, war ja im Feld auch so. Wir

Schützen saßen in der Scheiße und die Offiziere im Mannschaftswagen. Wenn's dann gefährlich wurde, waren sie weg. Ab ins Hinterland.«

»Der Griebel! Er war ja anfangs ein guter Lehrer, dann hat ihn der Naziblitz getroffen und aus war's.«

»Ich mochte ihn nie.«

»Lieber Hans – das muss man sich mal vorstellen, der Mann war anfangs Sozialdemokrat.«

»Was für eine Karriere!«

»Danke«, ruft Eisleben, »wissen Sie, warum ich diese Szene geschrieben habe?«

»Ich ahne es«, sagt Molitor.

»Viktor von Kolkwitz ist getürmt«, sagt Kunert, »der selbsternannte Adelige hat das Weite gesucht. Es ist doch wunderbar, wie die Realität die Kunst befruchtet.«

Eisleben geht zu Klick, um die nächste Einstellung zu besprechen. Molitor und Kunert gehen nach draußen an die frische Luft.

»Ich finde das gut, Molli, dass Eisleben jetzt solche Szenen schreibt.«

»Weißt du, dass gestern Hans Weimar dem NSDAP-Griebel die Parteimitgliedschaft und das Eiserne Kreuz hingeschmissen hat?«

»Hab ich nicht gewusst. Aber fabelhaft, wirklich gut, Herr Spielleiter.«

121

Joseph Goebbels am 19. April 1945, elf Tage vor Hitlers und zwölf Tage vor seinem eigenen Suizid, in seiner letzten Rundfunkansprache zum 56. Geburtstag Adolf Hitlers:

»Unser Unglück hat uns reif, aber nicht charakterlos gemacht. Deutschland ist immer noch das Land der Treue. Sie soll in der Gefahr ihren schönsten Triumph feiern. Niemals wird die Geschichte über diese Zeit berichten können, dass ein Volk seinen Führer oder dass ein Führer sein Volk verließ. Das aber ist der Sieg. Worum wir so oft im Glück an diesem Abend den Führer baten, das ist heute im Leid und in der Gefahr für uns alle eine viel tiefere und innigere Bitte an ihn geworden: Er soll uns bleiben, was er uns ist und immer war – unser Hitler!«

122

Trappel hat das Gestell, das es ermöglicht, dass Hans Weimar mit dem Motorrad auf der Stelle fährt, wieder aufgebaut. Hänschen, blind mit verbundenen Augen, sitzt im Beiwagen. Hinter ihnen läuft die von Andergast gedrehte Rückprojektion des völlig zerstörten Kudamms. Hans erklärt.

»Das mein Junge, das ist unser schönes Berlin. Der Kurfürstendamm. Da ist der Gloriapalast, wo die Filme gezeigt werden, da das Alhambra, das Universumkino, da drüben das Café Kranzler, dann die Gedächtniskirche und das Kaufhaus des Westens. Unser Berlin! Ach, mein armer Junge, wenn du es doch alles sehen könntest! Aber warte nur. Der Doktor hat gesagt, wenn der Verband abgemacht wird, dann kannst du wieder sehen. Und dann fahren wir wieder nach Berlin.«

»Danke, danke, und darüber läuft der Abspann«, sagt Eisleben. Er ist aber irritiert. Von draußen dringt Lärm herein. Autos fahren vor, hupen, englische Sätze werden gerufen. Alle erstarren. Molitor steigt vom Motorrad.

»O Gott!«, ruft er.

»Jetzt heißt es nicht mehr ›Warten auf Goebbels‹, sondern ›rette sich, wer kann‹«, sagt Eisleben lakonisch und mit einem zufriedenen Lächeln.

Hänschen schreit und reißt sich die Binde von den Augen. Das Tor wird aufgestoßen, englische Soldaten mit Gewehren im Anschlag stürmen herein, rufen laut durcheinander. Einer, auf dessen Brust WALKER steht, tritt vor. Er spricht deutsch.

»Alles nach draußen, antreten, los, los!« Die Soldaten schieben die Leute förmlich hinaus, rennen in die anderen Räume, zerren alle raus. Draußen müssen sie sich in Reihe aufstellen: Eisleben, Reiter, Seibert, Molitor, Hänschen, Trappel, Köppel, Klick, Weiss, Kling, Kunert, Wohlgemuth, Reuter.

»What's going on up here? Was machen Sie da in diese Gebäude?«

Eisleben tritt vor.
»Wir drehen einen Film. Cinema.«
»Welche Cinema?«
»Über ein Dorf. Historisch, Sie verstehen?«
»Bringen Sie das Material, los!«
»Es gibt kein Material«, sagt Klick, »das ist alles in Berlin. Wir haben seit längerer Zeit kein Material. Alles, was wir gedreht haben, ist in Berlin. Ufa, Babelsberg, verstehen Sie?«
Eisleben staunt.
»Sie sind Actor?«
»Nein, Kameramann.«
»Und Sie alle?«
»I am the director, and theses are actors and members from the staff.«
Walker schaut sich alle hintereinander an, so als wollte er überprüfen, ob er jemanden kennt. Hänschen fällt ihm auf. Wer das sei. Ein Junge aus dem Dorf. Dann solle er abhauen. Hänschen rennt übers Feld. Unterwegs trifft er auf Kornbichler, der auch in der Scheune war, sich aber unbemerkt davonmachen konnte.
Inzwischen zerren zwei Soldaten Kuckelkorns hervor und stellen sie zu den anderen. Walker nestelt an seiner Uniformjacke herum, sucht etwas, zieht eine Postkarte heraus, zeigt sie Eisleben. Es ist eine Autogrammkarte von Hans Albers, Walker auf Englisch gewidmet.
»Wo ist diese Mann?«
»Hans Albers!? Den gibt es hier nicht.«
»No?«

»No.«
Walker steckt enttäuscht die Karte wieder ein.
»Diese Albers war in London, hat mir diese Autogramm gegeben. Sehr gute Actor. Wo ist er?«
»Das wissen wir nicht«, sagt Eisleben.
»Sofort alle auf diese Transporter, los, los!«
Eisleben ist in diesem Moment sehr ruhig, zuversichtlich und befreit. Eine fast unangemessene Heiterkeit bemächtigt sich seiner. Alles wird sich fügen. Er hat sich schließlich nichts vorzuwerfen. Er befürchtet keine großen Konsequenzen für sich. Die beiden Kuckelkorns, die er dem Mr. Walker vorstellt, sind sein Trumpf. Der Gedanke, dass heute der 1. Mai 1945 ist, der Tag, an dem zum Endsieg dieser Film in die Kinos kommen sollte, belustigt ihn. Dass sich gestern der Führer und Eva Braun umgebracht haben und dass heute Joseph und Magda Goebbels mit fünf Kindern den beiden folgen werden und dass heute seine Tochter geboren wird, ahnt er noch nicht.
Während des rüden Verladevorgangs kann Eisleben Klick was zuflüstern.
»Wo ist das Material, wo sind die Rollen?«
Klick grinst.
»Weggezaubert.«
Als der Transporter abfährt, bleibt Walker mit zwei Soldaten zurück. Sie bewachen die Scheune, wo oben in der Kammer Katharina mit Hilfe der Hebamme ihr Kind bekommt. Als er den ersten Schrei des Kindes hört und ein Soldat ruft »It's a girl«, lächelt Walker.
»Victory! Victoria!«

Epilog 1

Henning Klick fährt an einem sonnigen Herbsttag des Jahres 1947 auf seinem Motorrad mit Seitenwagen durch die Heide nach Altenburg. Die Heide blüht. Am Straßenrand immer wieder liegengebliebene Militärlastwagen, bis auf das Skelett von Plünderern ausgenommen. Er kommt an der Scheune vorbei, sie liegt in Schutt und Asche. Das Dorf liegt friedlich da. Der Krieg scheint es nicht gezeichnet zu haben. Er geht zur Kirche. Auf dem Friedhof fällt ihm ein Grab auf. Ein einfaches Kreuz und Brennnesseln. Auf dem Kreuz steht ›Josef Kornbichler. 1895–1945‹.
Die Tür der Kirche ist offen, er geht hinein. Vor dem Altar schmücken Ministranten und ein paar Frauen für das bevorstehende Erntedankfest. Sie beachten Klick nicht, der sich hinter den Altar schleicht. Er muss feststellen: Die Filmrollen sind weg. Im Dorf trifft er Henner Wohlgemuth, der die Schauspielerei an den Nagel gehängt hat und mit seiner Kriegerwitwe Landwirtschaft betreibt. Henner erzählt, dass sich Kornbichler gleich nach der Ankunft der Engländer im Glockenturm der Altenburger Kirche erhängt hat.
Ins Gasthaus geht Klick nicht. Er muss zurück nach Berlin,

wo am Abend die Premiere von Konrad Eislebens erstem Nachriegsfilm stattfindet, ›Aus Liebe‹, eine Heimkehrergeschichte mit Johanna Leise und Viktor von Kolkwitz in den Hauptrollen.

Epilog 2

In seinen 1956 erschienenen Memoiren »Ich war der Liebling der Frauen« schreibt der beliebte Schauspieler Viktor von Kolkwitz, Leinwandliebling der Nachkriegsjahre, Darsteller seriöser, eleganter Herren und gelegentlicher Liebhaber, er sei aufgrund einer Fußverletzung im Winter 44 auf 45 vom Kriegsdienst befreit gewesen und habe die Zeit genutzt, in Berlin im Untergrund gegen die Nazis zu arbeiten. So habe er nachts mit roter Farbe die Propagandaplakate der Nazis übermalt, was ein sehr gefährliches Unternehmen gewesen sei. Zudem sei es ihm trotz größter Gefahr gelungen, einigen jüdischen Kollegen zur Flucht zu verhelfen. Noch heute bekomme er Dankschreiben aus Israel und den USA.

Epilog 3

Als 1996 ein Journalist über den letzten Film der Nazis recherchiert, sucht er auch den sechzigjährigen Bäckermeister Adolf Lechner in Altenburg auf, der ihm nicht nur von den Dreharbeiten erzählt, sondern auch, dass er und Freunde 1946 in der Kirche die Filmrollen gefunden und diese von Altenburg den Hügel hinunter nach Rottenbach gerollt hätten. Fast drei Kilometer sei das glitzernde Band lang gewesen.